咖喱的女神

Aki Hamanaka
［日］叶真中显 著
张舟 译

· 长沙 ·

目录

秘密之海
· 001 ·

杀死神的男人
· 041 ·

推定冤案
· 083 ·

生前预嘱
· 125 ·

咖喱的女神
· 169 ·

政治正确的警察小说
· 205 ·

秘密之海

好舒服啊。

舒爽的风吹着我。我闻到潮水的清香,听到波浪的声音。

是海。

是父母称之为"秘密之海"的那个地方。

我玩累了,躺在沙滩布上,枕着母亲的膝头打盹儿。

母亲唱起摇篮曲。歌声是那样温柔,仿佛是在肯定着我、包容着我。

啊,好想永远这样下去。

然而,我的愿望没能实现。

摇篮曲突然中断了。

舒爽的风、潮水的清香、波浪的声音,也都消失了。

包裹着我的怡人世界烟消云散。于是我被拉了回来。回到了年代久远的公寓，回到了六叠[1]大的屋子。

我缓缓睁开眼睑。

榻榻米的边缘可见稀稀拉拉的黑点，好似墨水的印迹。是霉斑。

狭小阴暗的房间总是潮潮的。发黄的四壁上也处处长着霉斑。由于湿气，墙面微妙地弯曲、起伏。挂着电灯泡的天花板露出绵软的木纹，角落的一部分貌似张开大嘴的脸，有点恐怖。

微弱而有规律的声音从远处传来，顷刻间欺近，化作巨大的轰鸣声。与此同时屋子颤动起来，恍如发生了地震。是北面吧。照不进阳光的窗外，硕大的铁块如流水一般驰过。是电车——私营铁路的黄色电车。

在紧挨着铁道的公寓房里，我和父母过着三口之家的生活。

我总是饿着肚子。

为什么总是饿着肚子？因为几乎每天父母都会减少饭菜的量，抑或不给我吃饭，以示对我的惩罚。

为什么会受罚？因为我干了坏事。

比如，没有好好打招呼，说了羡慕别人家的话，眼神或表情惹父母不满了，光是看到我在他们眼前他们就觉得烦，等等。总之，我干的几乎都是坏事，父母声称惩罚我是为了管教我。

今天也是。我干了某件坏事，没能吃上饭，饿着肚子。我捂

---

[1] 1 叠约为 1.62 平方米。——编者

着肚子躺在房间的角落里。根据过往的经验，我知道这个姿势最能缓解饥饿感。

父母在对面喝着啤酒看着电视，发出欢声笑语。下酒用的烤鸡肉串散发出好闻的香气。

为什么只有我吃不上呢？

因为我干了坏事，因为我正在受罚。明知这一点，我还是很伤心，倍感凄苦。

本应空荡荡的腹部涌起某种冰冷之物，我无可救药地想哭。

哭出来就糟了。绝对不能哭。

想控制却控制不住，我发出了呜咽声。

本该看着电视、对我毫不留意的母亲却没有放过这一幕。

"你这家伙，又哭了！"

紧接着是父亲的怒吼："兔崽子，要我说几遍你才听得懂啊？不过是没给你饭吃，哭个屁！"

伴随着怒吼，父亲一脚把我踹飞。

在这个家里，最坏的事就是哭。

哭出声来太吵，默默掉泪又讨人嫌。

一旦哭泣，我就会受到比不给吃饭更残酷的惩罚——拳打脚踢。

"爸爸，妈妈，对不起，我不哭了。对不起，我绝对不哭了！"我拼命地乞求原谅。

然而，一边哭一边说"不哭了"，又怎能求得原谅呢。

"吵死啦！你这臭小子，我非得彻底地收拾你一顿不可！"

母亲夹起我，把我拖进浴室，按在放满水的浴缸里。

起初是全身如被针刺的寒冷，随后窒息感向我袭来。

冰冷，痛苦。不要啊，救我啊，母亲！

因为在水里，我发不出声音。

我拼命挣扎，但母亲死死地摁住我的头。

好痛苦，好痛苦，好痛苦。

脑子缺氧，意识渐行渐远。

"是你不好！"

"没错，是你不好！"

是我不好。是我不好，所以才会这么受罪。

以前本不是这样的。我曾经所处的，应该是一个舒爽的世界，就如刚才那短暂的梦想。父亲和母亲都比现在温柔。温柔得多。

然而，我是坏孩子，所以父母才会变得如此可怕。那个世界已经不存在了。

母亲曾为我歌唱那么温柔的摇篮曲，如今从她口中吐出的却是懊恼的号叫："浑蛋！要是没生出你这么个东西，那该多好！"

就在这时，我醒了。

*

刚才我用婴儿背带把孩子抱在胸前，就这么在椅子上睡着了,醒来的一瞬间,身子不由得往前一冲。

"我说,老公。"

我抬头一看,麻衣子在床上撑起上半身,正望向这边。

咦?

一刹那,我脑中混乱起来。

啊,原来如此。这里不是紧挨着铁道的公寓,我也不是小孩子。

我是成年人,而且已人到中年,四舍五入的话就是五十岁了。

虽说比普通人晚了许多,但去年我结了婚,还有了孩子。不料,孩子刚出生,妻子就病倒了。从那以后……

大脑终于回到了打瞌睡前的"现在"。

这里是医院。我是带着贤一郎来探病的。

进病房时,麻衣子正睡着。我不好叫醒她,便坐在床边的椅子上,姑且望着她的睡脸,不知何时竟睡着了。在这期间,她倒是醒了。

"你还好吧?"麻衣子苦笑着问。

"啊,噢噢……不好意思,不知不觉就打起盹儿来了。"

这些天连续睡眠不足。

我向公司说明妻子病倒的情况,虽然得到了理解,但公司原本就没有产假制度。我姑且以带薪休假的形式请了一个星期的假,此后则会转为不加班的缩时勤务。

我利用一个星期的假期,好歹解决了托儿所的问题,但没想到一边工作一边带孩子那么累。

晚上尤其辛苦。贤一郎每隔两三个小时就会醒来,然后哭闹。我在网上搜索了一下,似乎很多婴儿都是这样。每次我都会被吵醒,不得不哄他、给他喂奶。如此这般,无论如何睡眠时间都会被分割成碎片,根本无法熟睡。

"简直一模一样啊。"

"嗯?"

"你和小贤的睡脸。"

麻衣子来回打量我和在我胸前呼呼大睡的贤一郎。

确实,孩子出生时,妇产科的护士们也说"和父亲好像"。

"脸蛋。"

"嗯?"

"小贤的脸蛋,让我摸摸。"

"给。"我解开婴儿背带,探出身子,把贤一郎送到麻衣子眼前。

麻衣子缓缓地伸出手,轻柔地抚摸贤一郎的脸。

"小贤。"麻衣子呼唤儿子的名字。这是她忍着腹痛产下的孩子的名字。

"妈妈会快快地好起来的。"

眼前的场景扣动了我的心弦。

"那个……"我搭话道。

"怎么了?"麻衣子转向我。

承受着她的视线,我困惑起来。

我是想告诉她什么呢?

"啊……没什么……你要是能早点出院就好了。"

听到我情急之下的搪塞之词,麻衣子略微歪下脑袋,随后面带微笑地点了点头。

"是啊。"

然而我知道,麻衣子恐怕不会离开这家医院了。

我还没有告诉她。所以,她不知道自己身患何疾。

胃硬癌第四阶段——这种比普通的癌扩散得更快的恶性肿瘤,已转移至她的全身。

主治医生推断她只能活一个月左右。

*

初次相遇时,妻子自称"特拉维斯"。不,"相遇"这个表述可能不准确。她和我是在网上结识的,而非在现实生活中。"特拉维斯"是她使用的昵称。

漫无目的地浏览网页时,我偶然发现了一个博客。而博主就是她。"特拉维斯"这个名字相当男性化,第一人称用的又是"老子",我一直以为她是男人。

她使用"特拉维斯"这个架空人格,更改性别,在网上倾倒愤懑。

在当时就职的超市里遇到的投诉客、蛮不讲理的上司、如今已疏远的朋友，除了在电视上见过外并无任何瓜葛的艺人或政治家，乃至只是在街头偶遇的人。她对所有人都抱有愤怒和憎恨，借"特拉维斯"之口宣泄。

不过，她最憎恨的人是她自己。或许是这个缘故，她还在博客上写了不少对自杀予以肯定的话。

"终有一天老子会自杀。"

"在这个屎一样的世上活着又能怎样？"

"等着瞧，哪一天我肯定会死给你们看的。"

"前不久在旧书店买的《自杀手册大全》说，最轻松的方式是上吊。"

很久以后我才知道，"特拉维斯"这个名字取自老电影《出租车司机》的主人公。电影里的特拉维斯如片名所示，是一名出租车司机。孤独的他无法向任何人打开心扉，受着愤怒与焦躁感的煎熬，在夜晚的街头徘徊。

妻子把自己投影于这个特拉维斯，所以我想当时她的情况是相当糟糕的。

读着博客，不知为何，我渐渐怒不可遏。

搞什么嘛，这家伙，没完没了地只知道骂街！还说什么最后肯定会自杀给你们看。这也太幼稚、太任性了吧……在这些想法的驱使下，我半是出于冲动，在她的博客里留了言。

"死了也解决不了任何问题。死亡只是一种逃避。觉得世界像一坨屎,是因为你自己就是屎。"

她立刻回复了我。

"初次见面,你好。谢谢留言。不过你管得太宽了。老子知道自己是屎,所以才要死给你们看。"

其实,当时她极度震惊,内心波涛汹涌——这也是我后来才知道的。因为这是第一次有人在她的博客里留言。

虽然博客已通过网络向全世界公开,但据她所言,当时她是第一次意识到有人在读自己的文字。

我并不清楚这些情况,只是不断回复。

"是吗?但是,因为自己是屎就去死,也是不对的。"

"为什么?少了一坨屎,这个像屎一样的世界不是也能稍微变得好一点吗?这不是挺好的吗?"

"不,才不会变好。就算你死了,世界也还是那样。要让这个像屎一样的世界变得好一点,你唯有活着做一些更好的事!"

回过神时,我发现自己正在劝说有自杀倾向的她"应该活下去"。

想想还真是可笑。因为我也想去死啊。

事实上,我能发现妻子的博客,是因为我用"不痛苦""自杀方法"之类的关键词进行了搜索。

当时我也怀着愤怒,憎恨所有的人,而且相比之下最憎恨的是我自己。我也想着有一天要死给众人看。

妻子借特拉维斯之名在网上信笔写下的文字,几乎也都是我平时的所思所想。然而，看着这些文字，相比共鸣，我感到的更多是厌恶。

或许这就是所谓的"同类相厌"。

所以，我反驳，我否定，说"就算死了也没用"，"就算世界是一坨屎，只要活着没准能变得好一点"，"死了就意味着连这种可能都放弃了"。

屏幕另一侧的特拉维斯。某个与我酷似的素未谋面者。不知从何时起，我开始拼命激励对方。

不能死。只要活着，没准就有好事发生。我希望你活着……

这些话或许也是说给我自己听的。

针对我的话，她这样回复道："你哪儿知道我的苦！老子小时候被父母虐待，最后还被抛弃了。生下老子的人给我打上了烙印——你就是一个不配活着的人！"

当时我甚至觉得，特拉维斯其实是另一个我吧。于是我写道："我当然知道。请不要以为苦的人只有你一个。我也是小时候被父母虐待、被父母抛弃了。"

我敲打着键盘，眼中含泪。小学三年级时那个夏日的记忆从我脑中掠过。

那是上半学期临近结束的某一天。暑假将至，同学们个个兴高采烈、心神不宁，而我大概是班里唯一一个感到郁闷的人。

因为在不用上学的暑假，我吃不到学校的供餐，会饿肚子。

家里一天只供一餐，我能吃上甜面包就不错了。父母以"管教"为名整天不给我饭吃的日子也不在少数。万幸的是，在上学的日子里，到了中午我必能吃上学校的供餐。与母亲买给我的一成不变的甜面包不同，学校的供餐菜色每天都不一样，而且除了菜肴还配汤类、饮料，有时还有布丁等饭后甜点。有同班同学说"学校的饭菜难吃"，但对我来说那可是一天一次的大餐。不，说实话，我根本就没心思去品评什么好吃难吃。毕竟比起味道来，果腹重要得多。我遵从动物本能，扫平每天的供餐，若是有同学请假或剩下不爱吃的东西，让饭菜多出少许来，我必会给自己再添一点。

没了这样的供餐，对我来说可是天大的事。

此外，暑假不上学，待在家里的时间无论如何都会增加，这意味着，我遭受父母"管教"的可能性也相应地增加了。在这一点上，暑假也令我忧郁不已。

我想，学校老师多半也发现了我遭受虐待的事。除了总是饿着肚子，我身上的衣服也随处可见皆是破洞，由于父母很少允许我洗澡，头发也乱糟糟的，想必还散发着臭味。由于父母施加的暴力，我的手上脚上也是青一块紫一块，新伤不断。

"我问你，父母在家里是怎么对待你的？"

"每天都吃饭吗？"

"没给你买新的衣服？"

那年的班主任是一名年轻女教师，她总是向我打听这些情况，还直截了当地问："父母是不是打你了？"

然而，我总是打马虎眼，不说实话。

"爸爸妈妈都很温柔。"

"我吃得不错。"

"是我说这些衣服就够了。"

"我没被打过。"

诚实地回答老师的问题，会让爸爸妈妈为难——抱有如此想法的我，总是拼命地包庇父母。

吃不上饭的生活当然不好。日复一日地遭受父母暴力式的"管教"，也让我极度厌恶。

但是，我喜欢——喜欢父母。

无论遭受怎样的残酷对待，即使稍有差池就会死，我都喜欢父母，非常非常喜欢。这也许是一种本能反应，就像不吃饭肚子会饿一样。

所以，我绝对不想做会让他俩为难的事。

而且，我脑中留存着这样的记忆：在我还很小的时候，父母非常温柔。

两人总是笑嘻嘻的，绝不会打我。我们住在漂亮的独栋小楼里，而非公寓。夏天时他们会带我去看海。那海令人心旷神怡，吹着舒爽的风。

我确实被爱过。应该被爱过吧。

也许是我把希望寄托在了这些记忆上，觉得只要成为父母所期望的好孩子，就能再次得到爱。

话虽如此，暑假的到来，与父母共处时间的增加，又令我恐惧。

怀着这种矛盾的忧郁，我没精打采地回了家。

铁道边的公寓房没有锁门，父母都不在家。这事本身并不稀奇。只是我总觉那天不太一样。说不清是哪里变了，就是觉得有什么地方，有什么东西与往常不同。

这种不对劲感在晚上变得具体了。

过了八点，过了九点，最终连日期也变了，可父母还是没回来。明明以前不曾发生过这样的事。

我陷入了极度的不安，冲出公寓，奔走在夜晚的街头，寻找父母。然而，一个小孩漫无目的地寻找，又怎么可能找到呢？

胡乱地走着走着，我彻底迷了路，来到了完全陌生的街区。腹中饥饿，腿开始酸痛。找不到父母，连回家的路也找不着了，我心里充满了悲伤，不久便瘫坐在路旁哭了起来。

路过的行人朝我搭话，叫来了警察。

被警察监护起来的时候，我已精疲力竭，警察问我名字和住所我也无法正常回答，竟然还睡着了。

结果，我在警署的值班室住了一晚。

次日早晨我终于说明了情况，被年轻女警带回公寓。但父母仍然没有回来。

随后我被带去市儿童咨询处，政府安排我暂且在临时收容所生活，等父母回来。

然而，第二天、第三天、第四天……一个月过去了，两个月过去了，父母也没有回来。

父母并非出门去了哪里。他们失踪了。

每天我都期待"今天父母就会回来，把我接回去"，然后希望落空，尝到内心被狠狠践踏的滋味。

很快半年就过去了。对日复一日的期待也厌倦到极点之际，我被送进了儿童福利院。此后，直到十八岁为止我都在那里生活。

离开福利院时，日本经济已是泡沫破裂，陷入了长期衰退。当时连大学毕业生也就业困难，福利院出身、没有正经学历的我只能找到派遣工或临时工之类的非正式工作。

从那以后，我始终与"正式员工"的身份无缘，辗转各种职场，过着浮萍般的生活。

虽然做过各式各样的工作，但我不曾从中感受到意义。话又说回来，我也不曾有过能让我沉迷于其中的兴趣爱好，人际交往浅尝辄止，也没交上私下里可以一起玩的朋友，情况如此，自然也不可能谈什么恋爱。

记不清是什么时候的事了，做保安时，我曾在前辈的劝诱下去过风月场所，但觉得为这种事花好几万日元实在是愚蠢。要解决性欲问题，还不如自己动手来得快。

干劲、意义——与这些事物完全无缘的我，如此这般进入了不惑之年。没有任何能让我打心眼里感到快乐的东西，生活味同嚼蜡。一成不变地重复着这样的日子，使我心中淤积起来的唯有愤怒与憎恨。

于是，不知不觉间，我开始一个劲地思考死亡。

我这个人肯定没有活着的价值。

小时候责备我的父母是对的。

我是一个没出息的坏孩子，一个若是没出生才好的孩子。

所以，还是死掉好。

就在那时，我偶然发现了这个博客。博主特拉维斯——后来成为我妻子的人——和我一样是儿童虐待的幸存者，整天叫嚷着"我想死""我要死给你们看"。

*

"我说……"床上的麻衣子迟疑地说。

"怎么了？"

"刚才打瞌睡的时候，你是不是梦到了小时候的事？"

"嗯？"一瞬间我不知所措。

"你梦魇得很厉害。所以我猜你大概是梦见被爸爸或妈妈打骂了。"

噢，原来如此。

我点了点头。

"嗯。"

"还是很害怕吗?"麻衣子问。

"是啊,可害怕了。"

明明已是数十年前的事,可那些场景仍时不时地在梦里出现。

但是,真正可怕的并非回忆起痛苦的时光,而是一项事实:我的体内确实流着父母的血。

有一天我也会像父亲打我那样踢打贤一郎吧——我总是怀着这样的恐惧。这件事我没有告诉任何人。

麻衣子像是在安抚我这隐秘的恐惧,柔声说道:"没问题的。不会有问题的。你不会变成你父母那样。"

我不禁睁大眼睛,注视麻衣子的脸。

麻衣子微微扬起嘴角,露出笑容,仿佛在说"我早就知道你在担心什么了"。

麻衣子将视线投向贤一郎。

"你看,你把小贤养得这么可爱,这么健康。"

随后她再次面对我,直视我的眼睛,继续说道:"所以你不会有问题的。这个孩子会给出证明。"

她的话是能令人感受到热量与力度的话语。

这竟然是如此强大……

这就是所谓的为人母者吗……

我感觉自己看到了她完全不为人所知的一面。

这时，贤一郎"呜"的一声睁开了眼睛。

一瞬间我生怕他哭闹起来，不料贤一郎发出可爱的声音，看着打量自己的麻衣子，眉开眼笑。

"小贤，早上好。"麻衣子说着，用食指戳了戳贤一郎的脸颊。

"咯咯……"贤一郎放声大笑。

*

有点灰头土脸的大妈——说实话，这就是我对妻子的第一印象。

好吧，我是灰头土脸的大叔，谁也别嫌谁，相比之下更让我吃惊的是，原以为是男人的特拉维斯竟然是女性……

"对你的执拗我甘拜下风。今天姑且就不死了。"

第一次访问她的博客并通过留言板唇枪舌剑时，我吐露了自己也曾被父母虐待的事实，随后她写下上面的话，结束了争吵。

从那以后，我放心不下，每天都来查看她的博客，写下留言。起初基本就是所谓的吐槽，不是否定她的主张就是找碴儿挑毛病。

她则以"怎么又是你""少来，烦死了"还击，却不关闭留言板，每帖必回。

记不清是从何时开始的，没多久我也时不时地写一些似与她有共鸣的话。

"这个倒是如你所言。"

"我觉得那个顾客确实很恶劣。"

而博客的内容也渐渐发生了变化。发泄对某人的憎恨或表达自杀意愿的少了,她开始写起普通的日记,比如电影的观后感、当天吃的饭菜等等。

倘若最初就是这样的普通博客,恐怕我也不会想着每天去读,而且压根就不会找到这里来吧。但我每天都无一遗漏地读她的博客,尽管她更新的内容已变得尽是一些微不足道之事,我也会写下留言。到了这个时候,我们几乎不再争论或吵嘴。我觉得自己开始乐于和她通过博客交流了。

正如最初我所抱有的"同类相厌"感,她与我有着极为相似的地方。一旦磨合好了,便也是一种意气相投。不久我们互相告知了电子邮箱地址,也通过邮件进行交流。

我有了一种预感:没准在四十多岁时,我终于能结交到一个能称为"挚友"的朋友了。

于是,我自然而然地产生了想线下见面的念头。

即使在这个时候,我也没想到特拉维斯是女性。

"可以的话,下次我们出来吃顿饭吧。"

我写邮件邀请,她足足让我等了一个星期,才回信道"好啊"。

我记得那时是秋季。

知道双方都住在东京郊外,我们便约定在立川吃饭。地点是车站前的酒馆——一家以便宜为卖点的连锁店,在网上被打成了黑心企业。

"请……请问……"

我站在约定的店前,一个披着风衣、土里土气的女人上来搭话。仅看面容,年纪有三四十岁。总之,就是一个中年妇女。

按我在网上交流下来的印象,特拉维斯应该比我年轻得多,多半是个二十来岁的青年。因此,我以为她肯定是来问路的。

然而,女人说出了我的昵称:"你是凯达先生吧?"

"嗯?"

这可真是出人意料,我不由得呆住了。这个人为什么知道我的昵称?啊,难不成……

见我一时之间说不出话来,对方突然道歉说:"对……对不起!"

她一转身,落荒而逃似的朝车站方向奔去。

"啊!等……等一下!"

她的背影即将消失在人群中时,我才终于醒过神来,追了上去。

总之,现在必须追上她。我知道,一旦错失这次机会,无论在网上还是在现实中,我都再也见不到她了。

那就太遗憾了。

我想和这个人聊各种各样的话题。

当然,此时此刻我并没有对她抱有恋情。

特拉维斯不怎么机敏,我得以在她混入人群之前发现了她。登上通往车站入口的天桥时,我追到了她的背后。

我本想从身后抓住她的肩头，犹豫过后便赶到她身前，张开双手拦住她。

她一脸吃惊地站住了。

"我……我说……你……别突……突然……逃……逃跑啊……"

"啊……嗯……呃……对……对不起……"

我俩都气喘吁吁，说不出一句整话。

"我……我们……先……休息……一会儿……"

听我这么一说，她点了点头。我俩闪到天桥的角落里，避开人群。调匀呼吸后，我意识到有一件重要的事还没确认，便开口道："你是特拉维斯吧？"

"是，是的。"她怯生生地点头。

"我是凯达。请多多关照。"

"嗯？啊，好的。请……请多多关照。"

"啊，呃……站着说话也不是个事，要不要去有屋顶的地方？"

如此这般，我俩如最初约定的那样，去了廉价酒馆。

起初还有点抹不开面子，但没多久我们就絮絮叨叨地互相说起了自己的事，回过神时才发现竟聊到了深夜。

了解下来得知，她和我一样被父母虐待，最终被遗弃，然后在福利院长大。

她遭受的虐待不是直接暴力，而是放弃育儿。父母没带婴儿去做一岁半时的体检，于是市政府的工作人员前来查探情况，发现了行将饿死的她，并将她保护了起来。此后，她的父母说什么"无力抚养"，根本没打算领孩子回去，就这样没了踪影。

事情发生在懂事之前，所以她几乎没有对父母的记忆。后来她得知自己没有父母的原因，"被虐待""被遗弃"的事实才作为一种事后认知，深深地印刻在了她的脑中。

她说："你还算好的，至少还留有一点曾被父母宠爱的记忆。"

我心想开什么玩笑，便回嘴道："就凭没有被父母虐待的记忆，还是你的情况比较好吧。"

显摆不幸未免太无聊。我觉得哪一边的经历都是最糟糕的，不分上下。

"怎么说呢，既然养不了就别生啊，你说是吧？"她给出了结论。

这正是我一直以来的想法。

不想被这样生出来。都要遗弃了，谁想被你们生下来啊。

在小孩子看来，被父母抛弃就等同于被这个世界抛弃。

再也得不到同龄"普通孩子"理所当然能得到的东西，比如自己的家，比如把自己视作无可替代的孩子加以抚养的、无条件的父母之爱。

再怎么像家人一样受到无微不至的照顾，福利院毕竟是福利院，不是家。工作人员毕竟是工作人员，不是父母。打个比方，福利院里要是有三十个孩子，那么每一个都只能是"三十分之一的人",绝无可能成为"无可替代的一个人"。孩子的心会敏锐地感受到这一点。

若要用语言来表述这种情感,还得是"寂寞"吧。

明明没做任何坏事,毫无理由的寂寞却降临在我们头上,在心中植入了绝望的种子——这个世上无一处是自己的居所,这个世上无人需要自己,自己是一个完全没有价值的人。

有人能战胜这种绝望,正正经经地成长。他们积极向上,未被不幸的过去击倒,与"普通孩子"并肩长成了大人。然而也有人被绝望吞噬,就这样变成了大人。

我俩毫无疑问属于后者。

被绝望吞噬的人无法好好地爱自己。无法爱自己的人也无法爱别人、爱这个世界。谁也不会聚拢到这种人的身边来,所以他们将永远怀抱孤独。无论做什么都觉得无聊,看不到人生的意义。

"进入社会后,我也无法习惯任何职场。真的是每天都没什么快乐可言,感觉只是在活着而已。"

听着她的话,我频频点头道"我明白,我明白"。

她也频频对我的话点头,说"我也明白"。

我俩也许只是在互相舔舐伤口。但这正是我一直以来想要的东西。她大概也是。

共鸣。

跪倒在绝望面前时,不喊"加油!"以示鼓励,而只是点头说"我明白"——我俩需要的是这样的人。说到底,就是一个与自己抱有相同绝望的人。

如今回想起来,灰头土脸的大叔大妈在酒馆角落一边抽泣一边交谈的场景,也许还真有点诡异。

总之,打那以后,我俩便频繁地相约一起吃饭,结成情侣关系也没花多长时间。

一旦有了喜欢的人,世界也会为之一变。

我切身感受到了这个简单的事实。

曾经只觉得味同嚼蜡的生活,如今却诞生了滋润和干劲似的东西。于是,不可思议的是,此前没完没了地对一切事物抱有的愤怒和憎恨渐渐淡薄了。

一想到是为了赚钱和她一起玩、一起吃饭,我便能稍稍积极地对待当时在清扫公司打零工的活。而一旦积极投身于其中,我又从此前觉得无聊的工作里感受到了乐趣,于是越发积极起来。不久,我从工作中也感受到了意义。虽然那应该只是我不断更换的职场之一、看到招聘启事后随意去应聘的地方。

后来,我被社长表扬"最近你非常努力"的次数多了起来。

"下个年度会走不少人,你要不要加入公司,成为正式员工?"

某日我接到了这样的提议。条件和待遇都无可挑剔,没什么好多说的。我想,这也是因为赶上了人口高峰期出生的员工大量流失的好时机吧。总之，我轻而易举地得到了"正式员工"这个一度以为与自己无缘的身份。

与她开始交往后，我感觉到身边的世界渐渐发生了变化。朝着相当良好的方向。

有一天，她告诉了我一个将进一步改变世界的事实。

"我有宝宝了。"在家庭餐馆一起吃饭时，她喝着餐后咖啡说道。

"你说什么？"

见我反问，她再次宣布："我是说，我的肚子里有宝宝了。怎么办啊……"

过了好一会儿，我才开始在脑中咀嚼入耳而来的话。

有宝宝了。有孩子了。

实不相瞒，首先浮上心头的感想是：完了。

她不满四十，而我已进入不惑之年。说实话，我认为我俩基本不可能生孩子，所以避孕措施做得不怎么到位。这一点让我后悔不已。毕竟我不敢指望未得到正经父母眷顾的我，能成为一个正经的父亲。

她似乎觉察到了我的心绪，问道："你觉得打掉比较好？"

我点头到一半，发现她两眼噙满了泪水，立刻打住。

"你……你打算怎么办？"我反问道。

"一开始我觉得不行。我这种人怎么可以当母亲，怎么可以拥有家人呢。我只会像我父母那样，给生下来的孩子带来不幸。"

她也抱有和我一样的不安。然而她摩挲着自己的腹部，继续说道："可是呢，被父母遗弃后我确实很不幸，但现在不一样了。我，遇到你之后，真的非常幸福。"

她直视着我。

"嗯，我也是啊。"

我点着头，内心大为震惊。

幸福——没错，是这样。和她交往后，我的情况完全称得上幸福。我终于意识到了这一点。

"这么一想啊，我就觉得这孩子是为了给我一个机会才被我怀上的吧。"

"机会？"

"嗯。一个由我自己来创造小时候没能得到的普通家人、正常家人的机会；一个清算不幸过去、创造幸福未来的机会。所以，所以啊……如果你赞成的话，我想把孩子生下来。"说话间，她的嘴唇轻轻颤抖着。

如果我赞成就生下来。反过来说，这意味着如果我反对她就会去打胎吧。

我也明白，她已用尽了所有的勇气。

我既没有自信又感到害怕。但是，我想回应她的勇气。我觉得必须回应。仅仅凭着这样的念头，我开口道："那就生下来。"

"真的可以吗？"

她确认似的问道。我坚定地点了点头。

"嗯。然后我们结婚吧，成为一家人。"

这是宣言，宣告我们将与过去所受的虐待和抛弃我们的父母诀别，成为幸福的一家人。

然而，命运给我们开了一个残酷的玩笑。

*

"太好了。"麻衣子突然低语道。

"嗯？什么太好了？"

"生出这么好的孩子。"

麻衣子轻轻抚摸抱在我怀里的贤一郎的头顶。不知何时，贤一郎又开始呼呼大睡了。

"嗯。"我附和一声。心里堵得慌。

倘若世上真有神明，为什么要做出这么狠毒的事呢？

麻衣子微微垂下眼帘，望着贤一郎的睡脸微笑。柔和的阳光从窗外射入，宛如祝福一般洒落在她的身上。她看上去有点瘦，但脸色并不差。难以想象大约一个月后她就会离世。

然而，根据主治医生的说法，她的全身被病魔侵蚀殆尽，已无计可施，什么时候情况急转直下、撒手人寰都不足为奇。

我做梦也没想到，一年前向市政府提交签名盖章的结婚申请书，一年后，竟会迎来这样的一天。

明明发誓说要忘掉过去、构筑幸福未来的……

我该不该把真相告知麻衣子呢?

我尚未整理好情绪,无法做出决定,唯有几乎每天都往医院跑。休息日自不用说,其他时候也尽可能在工作之余,如此这般去探望麻衣子,一个劲地聊些有的没的。

"啊,对了。"麻衣子像是突然想到了什么,叫了起来。

"怎么了?"

"啊,没什么。到了夏天,我们再去那里玩。"

"去哪里玩?"

"海,当然是海啦。那个秘密之海。"麻衣子脸上露出恶作剧似的笑容。

*

秘密之海。

那是前一年我和妻子新婚旅行时去玩——不,是找到的地方。

起因是依稀留存在我脑海深处的记忆。

我们姑且只领了证,没有办结婚典礼。胎儿进入安定期时恰逢夏季,机会难得,于是我俩决定去新婚旅行。

商量旅行地点时,我忽然想起了一件事。

"说起来,很久以前我可是每年都去看海的。在爸爸妈妈对我还很温柔的时候。他们说那个叫秘密之海。"

"秘密之海？"

"嗯。一个很偏僻的地方，尽是庄稼地，怎么看都不像是有海的样子，在山或者说是像丘陵一样的地方，有个短小的洞窟，走到底就是沙滩。那地方就像被码头环绕的暗浜，感觉是个只有少数人知道的好去处。因为是浅滩，所以沙子是白的，漂亮极了。最重要的是，没有人，所以特别安静。"

那令人心旷神怡的海，至今仍时不时地出现在梦里。

"原来如此，怪不得叫秘密之海。这地方在哪儿？"

"不太清楚。我只模模糊糊地记得妈妈说是在浪花。"

"浪花？大阪的那个吗？"

我摇了摇头。

"我觉得不是。当时我们可是住在东京都内的清濑，早上开车从家里出发，上午就到了。应该是在关东的哪个地方。我想要么是神奈川，要么是千叶，再远也远不过茨城的海边。"

"难不成关东也有叫浪花的地方？"

"不知道。据我所知，没有。可能原本就不存在这个海。可能只是我的大脑为了抚慰自己，捏造了这段记忆……"

我几乎是真心地这么想的。

父母曾经和蔼可亲的记忆也好，曾经得到过爱的记忆也罢，其实都是我的幻想吧。

这时，她说道："既然如此，不妨去查一下。看看到底有没有这个海。"

"嗯？怎么查啊？"

我总觉得光凭一个貌似是地名——而且连是否存在都不确定——的词，根本没法查。然而，她却说着"不，有时这种地方意外地好找"，操作起了智能手机。

事实上，一转眼的工夫她就找到了位于关东、名曰浪花的地方。不，说得更严谨一点，应该是母亲把那地名错读成了"ナニワ[1]"。

妻子并没有什么特殊的推理能力，只是在浏览器的检索栏里输入"关东 浪花""神奈川 浪花""千叶 浪花"搜了一下。很快便查出千叶县的外房有个叫浪花的地方。不过，千叶的浪花似乎读作"ナミハナ"，而非"ナニワ"。

"秘密之海肯定就在那里。我说，咱们好不容易出趟门，这次旅行就去找找看吧。"她提议道。

当时还没有确凿的证据表明母亲口中的"ナニワ"就是千叶的浪花。即便真是如此，也不保证仅靠地名就能找到秘密之海。

然而妻子兴致极高，在她的坚持下我同意了。

千叶的浪花在以童谣《月之沙漠》的发祥地而出名的御宿海岸附近。我们可以在那里住宿，而且就算找不到秘密之海，想想能在外房开车兜风，倒也不坏。

如此这般，我们借新婚旅行前去寻找秘密之海。这是去年夏

---

[1] 位于大阪的浪花读作"ナニワ"。——译者

天的事。

出发之前，我觉得终究还是找不到的可能性更大吧。不过，实际抵达浪花后，我确信了。

没错，确实是这里……

尽管已想不起具体路线，但道路和街区的氛围与我淡薄的记忆完全一致。

我们租了一辆车，靠地图奔走在海的附近。被高岗挡住视线、看不见明明就在眼前的海，也与记忆如出一辙。

然后，大概寻了有半日吧。

正如我记忆中那样，在两辆车可勉强擦身而过的窄道旁，我们找到了洞窟——秘密之海的入口。

不过，与记忆不同的是，洞窟旁的空地上停着好些车。如今互联网发达，口耳相传下，此处有不为人知的沙滩这事，可能已传遍街头巷尾。看来秘密之海也不如过去那么神秘了。

我们也在那里停车，进入了洞窟。

洞窟内的气温恐怕比外面低两三摄氏度，阴冷潮湿，微微飘扬着苔藓或其他植物的青涩气味。这种感受越发刺激了我的记忆。在很久很久以前，我确实钻过这个洞窟。

果然，就在穿过洞窟后的前方……有海。

只是人很多，沙滩上散落着垃圾，还有人带来了立体声音响设备，没有我记忆里的那么漂亮、那么安静。雪白的沙粒和远处云雾朦胧的地平线与记忆里的一样。

"真的有啊！太好了。"她对怔立在沙滩上的我说。

是的，真的有。

秘密之海真的存在。曾经温柔的父母真的存在。在这沙滩上让我枕着膝头、为我歌唱摇篮曲的母亲真的存在。我真的得到过爱。

那天，对父母完全没有记忆的妻子，是抱着怎样的心情说出"太好了"这句话的呢？

*

"我说……你开不开心啊？去那个秘密之海。"

"嗯，当然。我真是吃了一惊，那种地方竟然有海。"

"哦。"

麻衣子恐怕再也去不了了。但我却说："那今年也去吧。"

"嗯，去吧。还是三个人一起去，对吧？"

"对，一起去。"

对话就此中断，暂时的沉默降临了。

我下定决心，开口道："我说……"

"怎么了？"

"刚才你是说，生出这么好的孩子真是太好了，对吧？"

"嗯。"

我把儿子抱到她的眼前，问道："你爱这个孩子吗？没后悔生下他吗？"

麻衣子微微露出吃惊的表情，随后苦笑道："你在说什么呀？这不是明摆着的事嘛。"

"那好……将来，如果，我是说如果啊。如果我要伤害这个孩子，你会阻止吗？"

"啊？"麻衣子皱起了眉头。

我继续说道："比如，事业严重受挫，再加上其他一些烦心事，我为逃避现实沉湎于酒精，最终向同一屋檐下最为弱小的这个孩子施加暴力，这时你会阻止吗？你会保护这个孩子吗？"

麻衣子怒气冲冲地瞪视着我："喂，你在说什么呀？你就这么害怕成为你父亲那样吗？"

没错，这就是父亲对我做过的事。

"是啊，很害怕。怕得要死。所以，眼看着我会变成那样时，你会阻止我吗？你会舍下我去护着孩子吗？"

"当然会阻止。"麻衣子即刻答道。

"如果想拦却拦不住呢？"我继续问道。

麻衣子满脸疑惑，似乎在说"你为什么要死缠着这个问题不放"，但她还是答道："到那时……我会和小贤一起逃走。虽然有点对不住你。"

"真的吗？你真的会撇下我，选择这个孩子？"

"那是。当然，你对我也很重要。但现在这个孩子才是第一位的。我生下的小贤，我的贤太是世上最重要的人。为了这个孩子，我可是什么都能做的。"

啊，原来是这样啊……

她是这么想我的呀……

我只觉鼻子一酸，无法控制住泪水。

我已知道这份情感终将崩溃。我也知道这个女人终将对儿子施加暴力，后悔生下他。

不过，确实……

"你怎么了？"

麻衣子诧异地打量我的脸。我突然提出奇怪的问题，还哭了，对方心生疑念也是理所当然的。

"没……没什么，我能有什么啊。"我竭力挤出话语。

是的，没什么。

都已经是过去的事了，现在知道了也只能聊以慰藉罢了。

即便如此，能知道这一点还是很高兴啊……母亲。

随后，我想起还有一件事要问她。

"我说，你还记得那海是在什么地方吗？"我擦去眼泪问道。

"啊？不就是ナニワ吗？"

母亲果然读错了。

我笑着摇了摇头。

"不对，是叫ナミハナ。那个地方啊，写成'浪花'但读作'ナミハナ'。"

"哦？是吗？"

母亲咻咻地笑了。

随后她哼起了小曲。

是歌。

令人怀念的歌。

是很久以前在海边唱给我听的摇篮曲。

歌声如此温柔,那温柔包裹着我,仿佛是对我整个人的肯定。

一个月后,母亲安然地停止了呼吸。

*

市营殡仪馆的等候室是一间十叠大小的和室,散发着淡淡的沉香味。屋子深处有一扇巨大的落地窗,可以看到外面的叶樱。叶樱的花几乎已全部凋落,如今被包裹在嫩叶的绿色之中。

等待火化的期间,抱着儿子贤一郎的妻子雪穗低语道:"婆婆直到最后都没意识到吧。"

"多半是。"我点了点头。

我几乎每天都去探望母亲。但最终她也没意识到我是她的儿子,我时不时地带过来的婴儿是她的孙子。

自母亲在我小学三年级的夏天失踪后,时隔三十年我又见到了她。那是妻子生完孩子、因感冒恶化而住院后不久的事。

"这位女士多半就是你的母亲。"

福利事务所打来了这样一通电话。据说是有人发现一名老年妇女倒在河岸的开阔地，经身份确认，判明是我的母亲。当时她全身已被癌细胞侵蚀，且患有阿尔茨海默病，意识朦胧。母亲似乎是一个人生活，至于父亲的下落，包括是生是死也都无从知晓。

为确认身份我与她见了面。她白发苍苍，脸上也尽是皱纹，但我立刻明白她就是我的母亲。

认出我时发出的一声"咦"和脸上露出的笑容里，有着某种母亲固定的东西，即便经过了漫长的岁月也没有改变。

然而，母亲是这样称呼我的。

"光夫。"

那是父亲的名字。

母亲的脑中缺失了几十年的记忆，以为自己还是二十四五岁，刚生下儿子（也就是我）没多久。她还是当时的那个温柔的母亲，一起去秘密之海时的那个温柔的母亲。

然后，母亲又以为在她眼前出现的我是父亲。想来是我和父亲相似到了仅凭混浊的记忆会认错的程度。正如我和贤一郎也颇为相似一样。

就在结婚并决心与过去诀别的当口，与母亲以这样的方式再次相见，我不知该如何是好。对于狠狠虐待我、最终将我抛弃的母亲，我本该拒绝探望，置之不理，她就该在那里等死。然而，我无法不去见母亲。

于是，我装作父亲，配合母亲对话。怎么说呢，就算据实以告,母亲能否理解也是未知数。

病房犹如一台时光穿梭机,我知道了父母不为我所知的过去。

父亲年幼时似乎也被他的父亲施加过暴力。而在我出生时,他害怕自己也终有一天会对儿子拳脚相向。

虐待是会延续的吧——这正是如今得到儿子的我所怀有的恐惧。

当时母亲鼓励父亲说:"没问题的。"

乘坐"时光穿梭机"而来的我知道,事实并非如此。父亲的恐惧将成为现实。当时的那对温柔的父母将不复存在。

但即便如此,在我装作父亲询问的时候,母亲确实斩钉截铁地说会保护我,说我是最重要的。

她有过这样的想法。即使这想法会在未来化为泡影,但在那个时候它确实存在。

"还是有一点点羡慕啊。你有关于家人的回忆。"妻子说。她和我一样是儿童虐待的幸存者,但完全不记得父母的事。

"关于家人的回忆嘛,以后我们自己来创造。"说着,我轻轻抚摸贤一郎的头。他在母亲的胸前睡着了。

"三个人一起。"

"嗯,没错。"

我心怀不安。

因为现实中已有过一次虐待的延续。从祖父延续到父亲。父亲恐惧这一点，却在诸事不顺时，最终朝我动手。我不敢说自己身上不会发生和父亲同样的事。我明白这一点。

然而不知为何，明明清楚地知道这一点，我的内心却比以前轻松得多。

没问题的，肯定不会有问题——这种对未来的乐观情绪涌上了心头。

忽然，我听到了歌声。

是摇篮曲。不过，这是另一首歌，并非母亲唱给我听的那首。看来是妻子哄着贤一郎，下意识地唱起了歌。

我侧耳倾听，同时目不转睛地眺望窗外。叶樱随风缓缓摇曳。其上是一片蔚蓝的天空。

在没有风的屋子里，我感受到了风。还有潮水的清香和波浪的声音。

夏天到了就去看海吧。去看那秘密之海。

杀死神的男人

有一种刊物叫《将棋年鉴》。不过，除了棋手和将棋迷，普通民众几乎都不知道它的存在吧。如"年鉴"这个名称所示，该刊物收录将棋界一年来的动向，每年八月由日本将棋联盟发行。

今年发行的年鉴内含专题报道，名曰《逝世二十周年　回顾棋神红藤清司郎的人生轨迹》，而我则将作为主笔亲自操办此事。

对将棋不感兴趣的人，恐怕也知道红藤清司郎这个名字。不，毕竟他已去世二十年之久，年轻一代里可能很多人都不知道他。

简单介绍的话，红藤是"史上最强棋手"。换言之，他是将棋史上最强大的男人。甚至有人称他为棋神——将棋之神。

职业摔跤也好，拳击也好，高尔夫也好……好吧，在竞技体育领域，无论是什么项目，"谁是史上最强者？"都是能激起体育迷狂热情绪的议题之一。然而，这一点在将棋界不成立。因为大家一致认为答案只有一个，那就是红藤。

在距今三十余载的一九八四年，红藤清司郎年方十二便已成为职业棋手；十七岁时，他拿下棋界最高荣誉——名人，并成为有史以来的第一个七冠王（囊括同一年度的龙王、名人、棋圣、王位、棋王、王将、王座这七大头衔），进而又在此后的八年里保住了所有头衔。

从小就被当地人誉为天才的孩子们互相竞争，其中只有少部分真正的天才能成为职业棋手（说这话的我，其实也是没能成为职业棋手的曾经的天才之一）。这些"真正的天才"实力在伯仲之间，其中被赞叹为"强大"者，胜率也不过六成。极少数棋手可以达到七成。大致就是这么个情况。

在竞争如此激烈的职业棋坛，红藤的总和胜率竟高达百分之九十七。几乎没有败绩。此人显然是独占鳌头的天才，说他下的是另一个维度的将棋也无妨吧。"不世出"之类的词也不够用了，他强大得有如棋神，不，是惊天地、泣鬼神。以前不曾有过红藤这样的棋手，今后恐怕也不会再出现。所有人都不得不承认，他是史上最强者。红藤就是这样一位棋手。

不料，一九九七年五月，这位红藤清司郎在第八次成功卫冕名人位后没多久，就撒手人寰了。彼时他才刚满二十五岁。站在将棋界的巅峰，正要迎来所谓的鼎盛期之时，他却过早地离世了。

话虽如此，即使在红藤的肉体湮灭、仅余骨灰被纳入坟墓的今天，他留下的棋谱依然光芒万丈。在公开赛里下出的许多新走法，过后也成了固定棋式。只要将棋存续下去，他的名字和棋谱就能流芳百世吧。

本次专题报道以红藤逝世二十周年为节点，试图回顾红藤的棋手生涯。详细分析红藤的将棋自不待言，此外还会准备丰富多彩的内容，让广大群众——从将棋狂热粉到普通将棋迷——能从中享受到乐趣。比如，以传记形式描述红藤生平的读物；又比如，想象红藤与近年来取得飞跃性进步、号称已超越顶级职业棋手的将棋软件对弈的专栏文章；等等。

不过，也有绝对不能写的东西。

具体而言，就是他的死。

像《将棋年鉴》这种由将棋联盟公开发行的书，不会用铅字描述他的死亡细节。虽说只要去网上搜索，谁都能轻易了解。

红藤清司郎在将棋界等同于神，但他过于丑闻式的死法——不，是被杀方式——至今仍是禁忌话题。

没错，他是被杀的。

红藤清司郎，将棋之神，是被人杀害的。死在一个名叫黑缟治明的男人手上。

黑缟是职业棋手，与红藤同龄，还是案发前举行的名人战的挑战者，换言之，是输给红藤的一名棋手。黑缟杀害红藤后，自己也寻了短见。在现场——一间公寓房里，他留下了用文字处理机打出来的遗书。内容如下：

在名人战的舞台上挑战红藤后,我深刻地理解了。理解了他宛如天神下凡的强大。不,我和红藤对局过好几次,本就应该清楚这一点,而现在我又一次体会到了。

我与红藤的实力有天壤之别。而这个差距恐怕永远都无法弥补,绝对无法弥补。我也是在激烈竞争中胜出、获得名人挑战权的棋手,对自己的才能充满自信。我从不吝惜努力,把人生奉献给了将棋。但是,红藤清司郎与我不在一个层次。他所处的领域是稍有才能的人再怎么努力也绝对无法企及的。正因为如此,红藤才是棋神,将棋之神。

只要有红藤在,我就成不了名人。不,不只是名人。龙王、王位、王将,任何头衔我都难以取得。这就是我所绝望的。

如果没有红藤,或许我现在就已经是名人了。这种想法没过多久便化作杀意。我几乎每天都在想如何杀害红藤。今天,我终于付诸行动了。

我知道,如果我这么做,即使红藤不在了,我也会失去成为名人的机会。但是,在我心里这已不是问题,我无法容忍红藤清司郎其人的存在。我想,只要能消灭他,就算拿我的人生来交换也在所不惜。

我也没打算在杀死神后苟延残喘。想必这样会给许多人带来麻烦,而我也没有补偿的手段,唯有向大家说一声对不起了。

从江户时代起,"名人"宝座就一直是将棋中最具传统和规格的头衔,这桩挑战者杀害史上最强之名人的案子,自然是极大地震动了将棋界。

唯一一位长期君临天下的棋手之死,令所有头衔都被迫虚位以待,同时将棋联盟也失去了一块金字招牌。此事在联盟与赞助商之间造成重大影响,后来包括名人战在内的几场比赛都出现了更换赞助商的情况。

大众媒体竞相报道,周刊杂志和体育报纸出现了大量貌似诽谤将棋界的报道。

将棋联盟内部也乱作一团。联盟会长及理事被迫集体辞职。结果以此为开端,过去暗流涌动的棋手派系之间的对立浮出水面,暴露出这些高举传统文化大旗的机构在管理方面是何等脆弱。

我与红藤和黑缟同龄,时年二十五岁。不过,我所隶属的是联盟的专业培训机构——"奖励会"。

要想成为职业棋手,就必须在奖励会的激烈竞争中胜出。而且还有年龄限制,倘若二十六岁之前没能成为职业棋手,原则上会被勒令退出奖励会,职业道路也将被封死。换言之,时年二十五岁的我正处于这样的紧要关头。

不,应该只是勉强挂靠的程度吧。当时我已意识到自己的能力上限在哪儿。我以成为职业棋手为目标不断努力,但无论如何都无法跨越这道坎,回过神时年限已近在眼前。我萌生弃念,自觉肯定成不了职业选手,却也无法主动选择退会。

对当时的我而言，与我同龄却已站在棋坛巅峰的红藤自不必说，和红藤争夺名人宝座的黑缟也可谓云端上的人物。不过，案发后，当媒体披露黑缟的遗书内容时，我觉得自己有点"明白了"。

黑缟所绝望的是成不了名人。我所绝望的则是无法成为职业棋手。我明白两者完全不在一个层次上，但至少在我看来，本质上应该是一样的。

对决意要在胜负的世界里生存下去的人来说，眼前若有一堵无论如何也无法逾越的墙，这种绝望就是灾难性的。因为这无异于之前积累的一切和今后的一切——也即从过去到未来的自己——被全盘否定。

而绝望会招致自暴自弃。

其实当时我也想过，把奖励会的竞争对手和已成为职业棋手的人全部杀掉，然后自杀。这当然是妄想，我没有付诸行动。但是，那种面对绝望时被负面情绪吞噬、升起破坏欲的心境，我总觉得我能理解。

当然，我并不打算因此就维护黑缟。

没能停留在妄想阶段，真的去行凶了，那就是犯罪。更何况他杀害了堪称"棋神"的天才棋手，已然超出单纯的杀人范畴，给整个将棋界带来了打击和损失。不管出于何种理由，这都是不可饶恕的。

从那以后，又过了二十年。

没去行凶的我最终没能成为职业棋手，因年龄限制就此退出了奖励会。此后，我经历了一番波折，如今从事撰稿工作。

说实话，我的写作才能似乎还在将棋之下。不过，就成为职业人士的门路而言，以文为生多少要比下将棋宽广一些。我有精通将棋这项优势，也因此拿到了勉强得以糊口的工作。最近，就像这次的《将棋年鉴》的专题报道一样，与将棋联盟的出版物或将棋专刊相关的工作也开始找上门来。

彼时，我面对没能成为职业棋手之后的人生，唯有绝望而已。如今想来，倒觉得也没那么糟糕。

黑缟又会如何呢？倘若遏制住念头，没有杀害红藤，他会变成什么样呢？如今一旦思及命案，我就会被这种毫无益处的想法驱使。

我当然不能在专题报道里触及那个案子。事先与编辑部商议时，我就决定关于红藤的死只写一行字：死于非命。

只是，我希望能借此为他们安魂——通过重新整理被称为神的红藤清司郎的人生轨迹，为他和愚蠢的杀人犯安魂。

*

因此，当我得到采访红藤清司郎的夫人——红藤毬[1]子女士

---

[1] 日式汉字，非汉语中"球"的异体字。——编者

的机会时,并不打算问她案子的事。

毬子女士是某老字号和服店店主家的女儿,红藤经常在那里定制正式场合穿的衣服。她比红藤大两岁,现在已经四十六——不,四十七岁了,充满着与年龄相符的、凛然的美。

作为棋手,红藤很早便出人头地,据说从十几岁开始就成了毬子家的老主顾,两人互相认识。红藤主动接近毬子女士的故事甚是有名,他曾在采访中害羞地说:"其实我对她是一见钟情,却过了好几年才表明心迹。"

两人结婚时,红藤年仅二十一岁。此时的红藤身为囊括七冠王的天才棋手,已站立在将棋界的巅峰。

二人的婚姻生活在第五年骤然而止——不,是被迫终止。始作俑者就是那个绝望的、只要红藤在就不可能成为名人的男子。夫妇俩没有孩子。

案发后,毬子女士始终与将棋界保持距离。为这次的专题报道提出采访请求时,我也是抱着能行则行的心态,或者说是做好了多半会被拒绝的心理准备。

然而,得到的回应却出乎意料。

毬子女士没有再婚,仍然姓红藤,据说现在和父母一起住在镰仓。她邀请我来私宅,毫无顾忌地讲述了她与红藤的相识过程以及婚后生活。

比如,第一次约会是在涩谷的忠犬八公像前碰头,因为人太多,好不容易才找到对方;比如,红藤不讲究穿戴,满不在乎地套上左右图案不同的袜子，直教人无言以对；等等。抛开天才棋手和良家子弟的属性，这些都是非常普通的和睦夫妻之间的小故事。更重要的是，从这位遗孀时而眯起眼睛，仿佛在缅怀过去的动作里，可以看出她真的很爱红藤。进而，她还提供了红藤在新婚旅行时的照片。这些照片从未在媒体上出现过。此行的收获实在太大了。

预先设定的提问都结束后，我正打算告辞，毯子女士像是下定了决心似的说道："其实，关于那桩案子，也就是……我丈夫……清司郎先生为什么被杀这件事，我还没能调整好心情。"

事后回想起来，或许毯子女士也希望我就此事提问。因为她在允许采访的信函上写着：请不要客气，什么问题都可以问。

我没想到她会提及案子，一时间竟无言以对。

毯子女士目不转睛地注视着我，像是在等我开口。

焦急过后，我艰难地吐露了心里所想的东西。

"那……那天是毯子女士发现的吧？"

毯子女士平静地点了点头。

"嗯，是的。那天清司郎先生并没有比赛或工作上的安排，谁知过了晚上八点他还没回来……"

红藤在自家附近租了一栋单间公寓，用来学习将棋。除非有特殊情况，否则他每天早上九点左右就会去那里"上班"。虽然家里也有红藤的个人房间，但据他所言，与生活场所分开更能集中精力。像这样另行准备学习房的职业棋手，其实不在少数。

毯子女士淡然地讲述了案发当天的情况，语调中缺少起伏。

"清司郎先生总是在晚上八点之前回家，和我一起吃晚饭。如果有急事，八点之前回不了家，他必会打电话联系我。并不是说我们夫妇之间立有这样的规矩，但没有一天例外。没错。那天是结婚四年来清司郎先生第一次在没有联系我的情况下，过了晚上八点还没回家。我明白他已经不是小孩子了，八点又不是什么值得担心的时段，但这种事以前一次都没发生过，所以我心里很忐忑……于是，我就给公寓打了电话。铃响了，但没人接。我想他莫非得了急病晕倒了，所以，我就去公寓了……"

结果，毯子女士前往红藤租来学习的公寓，发现丈夫倒在那里。不过，红藤并没有生病，而是全身被刺，成了个血人。据说当时他已经气绝身亡。

红藤趴伏在十叠大小的单间公寓的玄关内侧。而屋子深处另有一人——黑缟也倒在地上，没了呼吸。他倚靠在墙上，颈部大量出血。房间中央有一套小桌椅，摆着将棋棋盘，据说那张遗书就放在桌上。

至于房间里到底发生了什么，警方已大致查明。

黑缟来到公寓是在案发当天的下午五点左右。公寓入口处的监控摄像头确认了这一点。大约在三十分钟前，也就是下午四点半左右，黑缟从家里给红藤的公寓打过电话。估计是找了个理由约定见面。

红藤的死亡推定时间是下午五点过后。换言之，黑缟应该是一到公寓就行凶了。

作案的三天前,黑缟从家居用品购物中心买了一把大牛刀,藏在包里。据说红藤刚把黑缟请进房间,黑缟就拿出这把牛刀,先是从身后捅伤对方的后心,接着又连续刺了很多下。红藤拼命抵抗,试图逃跑,但没能成功而因此毙命。

此后黑缟将遗书放在桌上,自己割颈自杀了。遗书是事先准备好的,警方在黑缟家中的文字处理机里发现了同样的文字。并且,遗书的末尾有亲笔签名,笔迹与黑缟的一致。

"房间里化为一片血海,真是太可怕了,就像地狱里的景象。现在我也时常……应该是叫'闪回'吧……脑海中突然浮现出那些场景,然后心怦怦直跳,连呼吸都觉得困难。对,经诊断是创伤后应激障碍。至今我每个月还要去看一次心理医生。啊,不,我说心情没能调整过来,指的不光是这个。"

毯子女士一口气说到这里,姑且停顿下来,吸了一口气。

我的掌心不知何时已渗出汗水,变得湿漉漉的。

我不知道她至今还受着创伤后应激障碍的折磨。但仔细想想,这或许也是理所当然的。毕竟她看到了心爱的丈夫惨死的模样。

我默默等待下文。

毯子女士开口道:"那时黑缟先生在笑。"

"在笑?"

"没错。黑缟先生在那间被血染红、如同地狱一般的屋子里安详地笑着。是的，非常安详。他死在那里，脸上露出一种像是安心，又像是对什么有所确信的笑容。"

我第一次听说这件事。

黑缟含笑而亡。而且还很安详。这是怎么回事？

毯子女士继续说道："案发当时我也很混乱，因为悲伤和恐惧，我无法进行任何思考。不过，渐渐地我开始想，那个人为什么会笑成那样呢？毕竟，如果真如遗书所言，他应该是想消灭棋力高于自己的清司郎先生，甚至不惜拿自己的命来换吧？我不太懂将棋，更不能理解杀人的人。但是，一个人抱着如此悲壮的决心杀了人，真的能露出那种安详的笑容吗？我打听了一下，原来黑缟先生从小就认识清司郎先生，非常尊敬他。说起来，人会因为赶不上自己尊敬的人就把他杀掉吗？会不会是出于其他理由呢？这桩案子是否存在另一个没有写在遗书上的真相呢？"

毯子女士的语声中透着悲痛。她似乎在怀疑遗书的内容。

确实，红藤和黑缟从小就通过将棋产生了交集，黑缟曾公开表示自己一直很尊敬红藤。

然而，原因不正在于此吗？正因为红藤高高在上，以致无法视其与自己对等，只能对其予以尊重，所以黑缟才杀害了他，对吧？他绝望地认为，只要有这个男人在，自己就不可能成为名人。

我问道："那么，关于本案的另一种真相，你有什么想法吗？"

毯子女士眨了几下眼，垂下眼帘，慢吞吞地说道："也许黑缟先生对清司郎先生怀有的不是尊敬,而是某种不同寻常的情感。"

"啊?"

"说白了,就是恋情。"

"嗯?请……请等一下。你是说黑缟喜欢红藤先生?"

"是的。"

"黑……黑缟是同性恋者吗?"

真是闻所未闻。

毬子女士几不可察地点点头。

"我曾在清司郎先生的颁奖仪式上多次见到黑缟先生,看他投向清司郎先生的视线,听他对清司郎先生说话的声音,我总有一种感觉,莫非这个人喜欢清司郎先生?"

"噢……"不知不觉中,我有气无力地附和了一声。

实在是难以相信。至少我没听说过这种事。

"你无法相信吗?"

毬子女士似乎察觉了我的心思,微微皱起眉头。

"不,这倒也不是……有没有证据,或者说是依据之类的东西能让人清楚地看出这一点……"

毬子女士摇了摇头。

"没有。硬要说的话,就是直觉,女人的直觉。"

"女人的直觉吗……"

"是的,我越是回想,就越觉得是这样。而且在案发的近一年前,黑缟先生来找过清司郎先生。"

"啊？和案发那天一样，是在租来学习的公寓里吗？"

"是的。我想是在七月底的时候。有一天傍晚，清司郎先生给我打电话，说黑绸君来公寓了，两人正在交谈，估摸着还要花点时间，所以今晚会迟点回来。黑绸先生好像是突然找上门来的，说'想见面谈谈'。联盟的名册上有公寓的地址和电话号码，我想黑绸先生是靠这个查到的。清司郎先生回到家已是晚上十一点多，显得很疲惫。我问他怎么了，他只说'没什么大不了的。只是有些事我要辜负黑绸的期待了'……"

"辜负期待……"我重复着红藤说过的话。

"具体辜负的是什么期待，他没告诉我。但我突然意识到，黑绸先生过来肯定是为了向清司郎先生表达埋藏在心里的情意，只是清司郎先生没有接受。因此，既然对方不能属于自己，黑绸先生便索性搞出了那桩案子，一了百了。正因为想到在另一个世界里两人也许能结合，所以他死去时才会带着那种安详的笑容吧。"

毯子女士的声音里饱含着热情。

看来至少她认为这就是真相。然而……。

"案发后，你把这件事也告诉警察了？"

"当然告诉了。警察说这事还挺耐人寻味的。但是……如果不知道两人具体说了些什么，也就无法判断是否与案件有关。他们说，黑绸先生爱慕清司郎先生这个事多半是我想多了。"

不愧是警方的判断，我觉得很妥当。

黑缟在案发前也来找过红藤，这项事实的确耐人寻味。但接下来的一切都只是毬子女士的推测。

对话中断后，沉默降临了。

片刻后，毬子女士孤寂地苦笑一声，撕碎了沉默。

"对不起啊，你看我，突然说这些……都是很久以前的事了，现在拿出来说也毫无意义。明明就算真相大白了，清司郎先生也不会复生，而我也不会忘记那天看到的光景……"

*

从毬子女士那里听到的话，在我脑海中挥之不去。

当然，我也不能听风就是雨。现在没有什么像样的证据，她自己也说是出于直觉。

归根结底，毬子女士与棋手的世界无缘，可能在她看来，相比遗书中"因为不能成为名人而杀人"的理由，"其实黑缟是同性恋者，因为感情纠葛而杀人"的理由还容易理解一些。又或许是这样一种心理起了作用：面对不可理喻、以致使自己患上创伤后应激障碍的打击，人们愿意相信更容易理解的故事才是真相。

但是，我难以释怀。

案发的近一年前，也就是一九九六年七月底，黑缟闯进红藤用来学习的公寓是出于什么目的呢？然后，红藤所说的"辜负期待"指的又是什么呢？

毬子女士觉得黑缟是同性恋者，认为当时黑缟向红藤表明了心迹。然而，也完全可能是黑缟另有所求。

姑且不论是不是感情纠葛，总之那桩案子应该另有真相吧。黑缟可能另有未写在遗书上的动机——我脑中的一隅也浮出了这样的想法。

为本次专题报道查找资料时，我顺便翻阅了当时的报纸和杂志，重新梳理了此案的来龙去脉。

然而，我没能查到任何新信息。要说理所当然吧，倒也没错。也许根本就不存在别的真相。不过，我知道有个人非常了解黑缟。为保险起见，我打算也找他问问情况。

此案无论调查到哪一步，恐怕都不能把成果写进红藤的专题报道。也许就像毬子女士说的那样，事到如今已毫无意义。但是，我想知道。我总觉得，如果真有尚未查明的真相，就必须知晓其内容，以安抚二人的灵魂。

从开始营业起，我就一直在池袋的居酒屋等着。晚上九点多，那名棋手——井草升一七段晃晃悠悠地来了。

"咦，那不是井草老师吗？"我搭话道。尽管装作偶然相遇，但其实我知道井草七段来东京时必会顺路来这家店。

"噢，什么呀，原来是你啊。竟然会在这么奇怪的地方碰到你。"

"好久不见，你还好吗？"

"一点也不好。不光赢不了棋了，还浑身上下哪个地方都疼。"井草七段苦笑着说。他是资深棋手,如今年过花甲仍活跃在赛场上,虽说没得过冠军头衔,但身为棋坛的一方豪强,长年以来一直支撑着将棋界。我在奖励会的时候,他恰好担任那里的干事,两人多少也算是知心朋友。

"好不容易碰上,咱们一起喝酒吧!"

谢天谢地,对方向我发起了邀请。玄关附近的和室小单间刚好空着,我俩移至那边,互相举杯。

身为黑缟的师父,井草七段恐怕是将棋界里与黑缟关系最近的人。他向来以久坐长饮出名,醉得越厉害话就越多。

幸运的是,我对自己强大的肝脏颇有信心,所以在一起喝酒的前三个小时里,我俩起劲地聊着闲话,竟干掉了十来壶酒。

午夜过后,我瞅准时机试探道:"说起来,井草老师从黑缟小时候起就很了解他吧?"

井草七段"嗯?"了一声,似乎被打了个措手不及。

对井草七段来说,黑缟可能是他不愿回想的人。我想,要是坏了他的心情,打听不出什么来,那也是没办法的事。

井草七段叹了口气,随后点了点头。

"是啊。黑缟嘛,以前是在御堂筋的儿童将棋中心学棋。当时我也算是那家中心的老师,在他年幼时就很了解他。第一次过来时,他刚上小学一年级吧。我记得是从东京搬来的。据说在这边的学校交不上朋友,所以母亲把他带到了这个孩子们聚集的地方。"井草七段的视线微微上扬,仿佛在凝视早已远去的时间。

他继续说道:"后来能成为职业棋手的孩子基本上都这样,怎么说呢,不是直觉出色,就是思维合理,眼瞅着一天天地变得越来越强。学会棋子怎么移动还不到一年,黑缟就能击败成年人了。当时我想,这个人绝对是天才,而且是我见过的天才里最耀眼的一个。根据我的经验,有才能的孩子肯定会喜欢上将棋。因为将棋是一种赢了就会感到有趣的游戏。正因为喜欢才会越下越好,或者说下得好了,就会越来越喜欢,差不多就是这样吧。黑缟恐怕也不例外。他总说'将棋比电子游戏还有趣',暑假里也是每天从早到晚都在中心下棋。"

黑缟上小学三年级时,在当地已是所向披靡。为了寻求更强的对手,他开始参加大型将棋比赛。

到此为止的这些事我也记得。参加奖励会、立志成为职业棋手的孩子都是当地的天才,以从小就能打败成年人而著称。

然而正如我所经历过的,在大多数情况下我们会被迫发现,同等级别的天才遍布全国,自己只是井底之蛙。从此自己将要为职业棋手的地位与那些天才展开长期角逐。

不过,黑缟在小学三年级第一次参加"小学生将棋名人战"预选赛时,就击退了五年级和六年级的学生,夺得冠军,成为大阪代表队的一员,可见他并非井底之蛙。这项赛事被称为孩子们通向职业棋手殿堂的龙门,尤其是大阪,与东京和神奈川等地一样,同为激战区之一。小学三年级时就能夺冠、进入大阪代表队,这绝非寻常之事。

然而，即便是黑缟，面前也挡着一堵墙。

"我原本以为啊，黑缟完全有可能在小学三年级时成为史上最年少的全国冠军，哪知他却在全国大赛上铩羽而归。不过呢，黑缟这家伙明明输了，却兴奋得不得了，说什么'遇到了一个很厉害的孩子。实在是太强了。而且和我一样是三年级学生'……"

"那个很厉害的孩子就是红藤先生吧？"

"啊，没错，就是红藤清司郎。"

红藤与黑缟同龄，小学三年级时两人在"小学生将棋名人战"全国大赛上对弈过，此事颇为有名。黑缟常说"从小学第一次对弈开始就一直很尊敬红藤"之类的话。这一点和毬子女士说的也能对上。不过命案发生后，许多媒体都开始把这段插曲解释为"从小就有过节"，并加以报道。

当时击败黑缟的红藤一路过关斩将，拿到了全国冠军。三年级登顶，成为"小学生将棋名人战"史上最年轻的冠军，这项纪录至今未被打破。红藤在那年秋天加入了奖励会，仅仅三年后，在即将升入初中的十二岁时成为职业棋手。当然，这也创下了史上最年轻职业棋手的纪录。

而另一边，黑缟在五年级时——也即输给红藤后的第三年——参加小学生将棋名人战，夺得了全国冠军。此后他加入奖励会，在十七岁时成为职业棋手。每个人加入奖励会时，都必须拜一位职业棋手为师，而黑缟的师父就是井草七段。将棋界的师徒关系很多时候只是形式上的，但井草七段打黑缟小时候起就认识他，也因着这层关系，似乎一直很照顾他。

"不过呢，当时我已没有任何可以教给黑缟的东西。从那家伙进入奖励会的那一刻起，就算是练习赛我也完全不是他的对手了。在我这种平庸之辈看来，黑缟已经足够变态。那家伙难得地也能赢红藤几回。谁知道……为什么会搞成那样啊……"

回过神时，我发现井草七段的眼里含着泪。

黑缟已经足够变态——这话一点也没错。尽管他在"小学生将棋名人战"中败给红藤，错过了"史上最年轻"的头衔，但后来也扎扎实实地夺冠了啊。十七岁时成为职业棋手，虽说比红藤晚了五年，但也算相当早了。跟我这种没能在二十六岁之前成为职业棋手、黯然退出奖励会的人，简直是天壤之别。

进入职业棋手的行列后，黑缟也保持着相当高的胜率，一路高歌猛进。在案发前不久举行的名人战中，他甚至成了挑战者。此外，正如井草七段所言，他偶尔还是能战胜红藤的。

观黑缟与红藤的交战记录，黑缟是四胜十九败。败绩远超胜绩固然是事实，但是能战胜红藤四次之多的棋手，除黑缟外再无第二人。

红藤生前在正式比赛中共与一百二十二名棋手交过战，其中只有八人赢过他。这八名棋手都是顶尖高手中的高手。其中赢过两次以上的，包括黑缟在内共有三人，黑缟以外的那两名都只取得了两胜。

能四次战胜红藤的黑缟，可谓非比寻常。红藤和黑缟的对局被称为"巅峰之战"或"黄金对决"。当时若有人问"仅次于红藤的强者是谁？"，很多将棋界人士都会举出黑绹治明的名字。

也许黑绹到不了棋神的级别，但正如井草七段所言，他是"出类拔萃的天才"。

身为师父，看到黑绹干出那样的事，其感受唯有"痛心疾首"一词可形容。

"黑绹宣称很尊敬红藤先生，平时他是否表现得很在意红藤呢？"

听我这么一问，井草七段略加思索后，点了点头。

"啊，没错。自打小学时输了第一场比赛，他就一直很关注红藤，常说'红藤真厉害'。棋风也受到了很大的影响。"

"是吗？"

"对啊。黑绹那家伙小时候下棋剑走偏锋，或者说是拼命型的吧，不拘泥于固定棋式。但自从输给红藤后，他就像是把红藤当成了榜样，变为正统派的棋风了。多少也有点脱胎换骨的味道。我觉得这是好事。果然，人有了目标就会进步啊。"

根据井草七段的说法，黑绹必会研究红藤的对局，学习将棋也净找红藤的棋谱。只要红藤出现在杂志上，即使是与将棋无关的普通杂志，黑绹也一定会弄到手并制作剪报。

此外，在将棋迷及相关人士称红藤为"棋神"之前，黑绹早已说过"红藤是将棋之神"。

"还有，我曾经对他说：'就算是开玩笑吧，但毕竟是竞争对手，像这样把人家奉成神的话，你可就赢不了啦。'结果黑缟那家伙一本正经地说：'我这样的人怎么可能成为红藤的竞争对手啊。他真的是一个能凭将棋之神的名号载入史册的棋手。'那家伙太盲目了，或者说是真的把红藤当神一样崇拜了。谁知道……"

从井草七段的话中，可以窥见黑缟对红藤的执着。

我下定了决心，问道："那个……井草老师，我听人说黑缟其实是同性恋者，对红藤先生怀有恋情……"

闻听此言，井草七段瞪大了眼睛。

"你……你怎么会知道……"

"嗯？"

"啊！不不，不是不是。这怎么可能。你别胡说！"井草七段慌忙否认，但为时已晚。无论怎么想，他要说的都是"你怎么会知道这件事"吧。对此，我作为问话方也吃了一惊。

"老师，这是真的对吧……"

"不不，我都说了不是了。"

"红藤先生的夫人好像也发现了。"

"她也发现了？"

"是的，按她本人的说法，是出于女人的直觉……"

我简明扼要地讲述了从毯子女士那里听到的事。

井草七段听完后挠了挠头，无奈地叹了口气。

"好厉害的直觉。没错，那家伙确实对红藤怀有这种情意，还明确地说过'我爱红藤'……"

井草七段认为有实力的棋手最好在年轻时就成家。恰好同龄的红藤于二十一岁结婚,据说就在这一年井草七段也建议黑缟结婚,并不断为他安排相亲。当时黑缟大概真的很无奈吧,有一天他说"我只对师父你一个人吐露真言,请务必保密",接着便坦白了自己的性取向,承认在"小学生将棋名人战"上遇到红藤时对他一见钟情,并一直爱慕着他。

井草七段到底也被吓着了,但出于与生俱来的坦荡,他还是接受了。

"好吧,原来还有这样的人啊。"

按黑缟所请求的那样,井草七段始终保守着这个秘密。

"案发后,这事你也没告诉警方吗?"

我一问之下,井草七段点了点头。

"我觉得幸好没说。要是说了,警方可能也会像毯子女士一样,误会黑缟是遭到红藤的拒绝,精神失常了。我并无袒护黑缟的意思,但要是弄成那样,他在九泉之下也不会瞑目吧。"

"误会?"

"是啊。因为黑缟斩钉截铁地表示'我绝对不会告诉红藤,只在心里想想就行',说是不想让和毯子女士结婚的红藤为难,还说'我衷心祝福红藤的婚姻。虽然我对他有爱慕之心,但更尊敬身为棋手的他'。黑缟很好地与自己的内心达成了和解。这样的人不可能因为红藤不理睬自己就把他杀了。"

"那么,案发的近一年前,黑缟为什么会去找红藤先生呢?

红藤先生所说的'要辜负黑缟的期待了'又是什么意思？"

"我怎么知道。我又不是黑缟。不过，那家伙应该没有表白过心迹。"

"井草老师，你认为黑缟真如遗书里所写的那样，是因为绝望于无法成为名人而杀人的吗？"

井草七段深深叹了口气，点了点头。

"是的。无论如何都想成为第一，想成为名人——这样的心态连我这种跟冠军头衔无缘的棋手都有过。当然，会不会真去杀人则另当别论。这就是所谓的争胜者啊。你也在奖励会待过，应该有体会吧？"

"嗯，算是吧。"我附和道。

井草七段继续说道："黑缟好歹也是个棋手，一个争胜者。事实上，真到了能够挑战红藤的地步，恋情啊尊敬啊，可能全都抛到脑后去了。所以才绝望了……"

我感到有些难以释然。

我确实可以理解他无论如何都想成为名人的心情。命案发生时，我把成不了名人的黑缟与无法在奖励会中脱颖而出的自己重叠在一起，对遗书的内容产生了阴暗的共鸣。但听说了黑缟的为人后，我又产生了一种别扭感。

我吐露了自己的想法："真是这样吗？听老师的说法，黑缟好像确实对红藤先生很执着，但我总觉得这并非敌意或嫉妒，而是更为纯粹的尊敬和憧憬……"

井草七段眯起一只眼睛。

"我也一度是这么想的。但事实上却发生了命案。"

"是的。所以，可能有别的什么隐情……"

井草七段摇了摇头，拦住我的话头。

"人心隔肚皮，做事两不知。那家伙绝望于自己成不了名人，杀害了红藤，自己也死了。没错，这是他自己说的，在那封遗书里。既然如此，就让大家这么想不好吗？不管怎么说，那家伙做了无可挽回、无可救药、无比愚蠢的事，这一点无可更改。将来人们回顾将棋的历史，提到他时，说的不会是'也曾挑战过名人的顶尖棋手'，而是一个傻瓜，这个傻瓜杀害了被誉为'棋神'的男人。至于他为什么要这么做，至少我们可以相信遗书，这样不好吗？"

井草七段的声音不知何时颤抖起来，含着忧郁。

我无言以对。

一阵沉默过后，井草七段抬头道："今天我说得太多了。不好意思，你能不能把这些话都忘了？特别是黑缟喜欢红藤的事。如今再被人知道这件事，只会引发各种下流的猜测，不是吗？那家伙是无可救药的傻瓜，但毕竟是已死之人，你说是吧？"

*

黑缟真的是同性恋者。毯子女士的直觉似乎是对的。我犹豫要不要告诉她，最终决定现在还是按井草七段所说的，把这件事藏在心里。

虽然黑缟恋慕红藤是事实，但黑缟不被对方接受而犯下命案，目前还只是毯子女士的想象。

井草七段断言那是误会。黑缟与自己对红藤的感情达成了和解，甚至说要祝福他的婚姻。

另一方面，正如井草七段所言，即使动机如遗书里所写的那样，也还是有不明之处。

比如，案发近一年前，黑缟曾拜访过红藤。当时两人说了些什么？红藤口中的"辜负黑缟的期待"究竟是指什么呢？

一方面，黑缟把红藤当作恋爱对象倾注情感，同时将其视为棋手敬若神明；另一方面，他又像遗书里所写的那样，绝望于无法成为名人，声称"我无法容忍红藤清司郎其人的存在"，然后将其杀害，我总觉得这两种人格是互相矛盾的。

那桩案子莫非存在更容易让人理解的真相？抱着这样的想法，我翻遍了当时的报纸和杂志，却找不到什么有价值的信息。即使去了现场——如今已成为停车场的公寓旧址，自然也是毫无发现。

不过，《将棋年鉴》的专题报道《逝世二十周年　回顾棋神红藤清司郎的人生轨迹》我倒是写得很顺利。在预先调查环节，我翻阅了红藤生前的棋谱，再次认识到了他的强大和伟大。不管黑缟是出于何种想法犯下了那桩命案，棋手红藤清司郎都配得上"棋神"的名号，毋庸置疑。

那天我前往南青山，拜访了风险投资企业"DYNASOFT"的事务所。

被带进接待室时，三杉骏太先生正在等我。他戴着时髦的半框眼镜，梳着蘑菇头。

此人才三十出头，已是将棋软件开发领域的第一人。去年和今年，他开发的将棋软件"crimson"在评选将棋软件之首的"世界计算机将棋锦标赛"中取得了两连冠，如今被誉为最强大的将棋软件。

我想在专题里加入一篇题为《如果红藤清司郎与最新将棋软件对决，会发生什么？》的文章。为此我特地来采访三杉先生。

"其实我小时候也下过将棋，暑假里几乎每天都去我们街区的将棋馆。"三杉先生一开口就说了这么一句。

果然，将棋软件的开发者大多喜欢将棋。三杉先生似乎也是其中之一。

"我大概是在小学高年级的时候最痴迷将棋，正好是红藤先生独揽七冠、大为活跃的时期。小孩子嘛，毕竟都喜欢强者，所以红藤先生可是我心目中的英雄哟。"

"据说将棋软件'crimson'也是为了沾沾红藤先生的光，才取了这个名字。[1]"

这件事颇为有名，还被写进了维基百科。这次申请采访三杉

---

[1] 英语"crimson"意为深红色。——译者

先生，理由之一也是我推测他身为红藤的追捧者，应该会给予我各种帮助。

三杉先生笑着点了点头。

"没错。所以我也很好奇，如果红藤先生与'crimson'对弈，结果会怎样。毕竟红藤先生在世时，将棋软件还没现在这么强，别说职业棋手了，就连学了点皮毛的业余棋手都赢不了。当时我也有将棋的电子游戏软件，可是就连我这个差不多只有业余一级水平的人都觉得太简单、太无聊。"三杉先生怀念地说道。

红藤去世后的二十年间，要说将棋界最大的话题，应该就是计算机将棋——将棋软件的兴起。

将棋软件开发本身始于二十世纪七十年代中期，但正如三杉先生所言，在二十世纪九十年代之前，其棋力还远远不及人类。

据说在一九九五年的时候，最先进的软件才勉强达到业余初段的水平。市面上常见的将棋游戏软件棋力应该更弱。也难怪业余一级选手三杉先生会觉得"太简单"。

过去曾有一位知名的重量级棋手断言："计算机永远不可能战胜职业棋手。"

但这恐怕并非逞强之言，而是将棋界的共识。在这里大言不惭的我，也从未想过会有计算机打败职业棋手的那一天。

然而，将棋软件一点点地完成了进化。大体以两年一飞跃的速度扎扎实实地提升着棋力。

"升入初中后，因为环境的变化，我暂时远离了将棋。上大学时，啊，也就是二〇〇二年，我发现了一个对弈网站，然后又开始下将棋了……还买了最新的软件呢。结果发现水平好高。我清楚地记得，当时我大吃了一惊。我想那个时候的软件多半已达到顶级业余选手的水平，棋力差不多有四段[1]。我无论如何都已经赢不了了。当然，即便如此，这些软件与职业棋手之间还是有着相当大的差距。但我想，如果以这样的速度不断加强，总有一天计算机会赶上职业棋手吧。恰好我又想在大学学习人工智能，所以就半是出于兴趣地打算自己也做一个看看，这就是我开发'crimson'的契机。"

后来，三杉先生作为将棋软件开发强手闻名于世。如今他就职于"DYNASOFT"，据说是连人带他开发的"crimson"软件一起被挖走的。

"好厉害。只是出于兴趣开始制作将棋软件，现在竟然成了工作。"

听我这么说，三杉先生挠着头苦笑起来。

"我并不是从一开始就那么顺利的。以当时的技术水平，好歹能制作出'强大的业余选手'级别的软件，但再往后就有厚厚的壁垒，怎么也做不出能与职业棋手抗衡的软件。"

将棋这种游戏，招式组合有限，难有"偶然"的容身之地。据三杉先生所言，用专业术语来说，这就是一种"二人零和对策

---

[1] 日本的职业将棋棋手最低段位为四段。——编者

有限确定状态完全信息博弈游戏"。黑白棋、国际象棋、围棋等也属于这种类型。

从性质而言，在这些"二人零和对策有限确定状态完全信息博弈游戏"中，可以计算并预判对方的招式。换言之，所谓游戏能力"强"，无非是指"能更深入、更准确地读懂对方的招式"。既然如此，只要让运算能力强大的计算机学习大量招式，游戏软件的水平就能得到提升……话虽如此，事情却没那么简单。

虽说将棋只是一种在八十一格的有限空间内移动四十枚棋子的游戏，但招式组合的数量惊人，竟多达 10 的 226 次方——1 后面要加上 226 个零。据说就算使用超级计算机，要全部运算一遍，也需要数亿年。因此，无论计算机性能有多优秀，只是简单粗暴地一味揣摩招式，是下不出好棋的。

计算机必须明白"什么样的棋才是好棋"的判断标准——用将棋领域的语言来说就是"大局观"，然后高效地揣摩每一步棋。

其实人类的大脑就在极为理所当然地处理这些事，但让计算机做同样的事情则非常困难。

为了让计算机具备大局观，需要告诉它判断好棋的标准。话虽如此，但人类无法用语言与计算机沟通，只能以数学公式的形式进行编程。这种数学公式被称为"评判函数"。

评判函数正是将棋软件的核心，有了优秀的评判函数，计算机就能发挥与生俱来的运算能力，下出基于更佳预判的好棋。换言之，评判函数的优劣直接关系到将棋软件的优劣。

不过，在将棋中，何为好棋要视情况而定，无法简单地写成公式。许多开发者精心设计并制造了评判函数，使将棋软件在二十一世纪初达到了业余高手的水平，但此后又原地踏步了一段时间。据说当时人们怎么也制作不出更进一步——也就是逼近职业棋手水平的软件。

"在这种情况下，二〇〇四年，沉寂被打破了。人们在创建评判函数时，开始利用机器学习或深度学习的手法。这也成了将棋软件开发的突破口。"

"'深度学习'这个词，最近我们常能在IT（信息技术）、人工智能的相关话题里听到。"

"是的。这种手法是给计算机输入大量数据，让它自行学习、自己制定标准，以使人工智能做出各种判断，而不是由人类将详细的标准编入程序。例如，让图像搜索人工智能分辨猫和狗时，不是把诸如'猫是倒吊眼，狗是尖嘴'之类的标准编入程序，而是让计算机分析猫、狗的大量照片，自行学习区分猫、狗的标准。这种手法一旦用好了，越是反复学习，性能就越强。近年来，计算机的图像搜索、人脸识别以及翻译等变得越来越准确，原因就在于此。"

"也就是说，深度学习被应用到了将棋软件领域。"

"没错。至于在将棋领域的运用，我们不再像过去那样由人来创建评判函数，而是让计算机分析大量棋谱，自动生成评判函数。以这种方式生成的评判函数极其复杂，也就是所谓的'只有计算机才能理解的语言',即便是我们这样的人工智能专家也无法解读。而这些函数是否优秀，将棋软件是否真的强大，在实际对弈之前是无法判断的。深度学习在将棋软件开发领域能否奏效，是一场技术上的赌博。不过，最终完成的将棋软件所具备的强大能力超越了以往的产品。也就是说，我们赢了这场赌局。"

"这么说，将棋软件是通过这种技术得到了凌驾于职业棋手的强大能力？"

"是的。'crimson'的开发当然也导入了深度学习，就在现在这个瞬间，它还在分析棋谱，正在变得越来越强大呢。"言谈之间，三杉先生显得颇为自信。

事实上，三杉先生的"crimson"在过去的对弈中接连击败了众多强手，今年春天对战现役名人时也取得了压倒性的胜利。

客观地看，如今无疑已经到了说一句"将棋软件超越了职业棋手"也无妨的地步。但这并不意味着"将棋软件超越了红藤清司郎"。

现在也许没有一位现役职业棋手能战胜将棋软件。但是，假如红藤还活着……不少人认为，史上最强的棋神红藤清司郎肯定也能战胜将棋软件。事实上，红藤的将棋就是拥有能让人这么想的厉害之处。

在这次的专栏里，我也打算以"红藤有可能战胜计算机"为要旨写一篇文章。为此，我想尽可能得到开发者的保证。

"那么，您觉得会是什么结果呢？如果红藤和'crimson'对弈的话。假设出现了红藤获胜的局面,那会是怎样一种情况呢?"我的问话方式略带诱导性。

三杉先生思索片刻后,开口道:"作为开发者,我很想在这里答一句无论怎么样'crimson'都会赢。我自认最新版'crimson'的强大已完全超越了人类。但是红藤先生毕竟与众不同。呃……说不定他能顺利地击败'crimson'。作为红藤的棋迷,我也希望是这样啊。"

开发者本人能这么说,实在是帮了我大忙。正如我所预测的那样,三杉先生很配合。

"那么,如果红藤先生赢了,会是怎样的过程呢?"

"这个嘛,面对软件,在中盘或尾盘逆转基本是不可能的,所以我觉得应该是在选择余地较大的开局稍稍取得优势后,守住优势保持到最后。至于具体的对战情况……"

对软件了如指掌,对将棋也有一定程度的了解,三杉先生的话通俗易懂,以至都可以直接拿来当原稿。

三杉先生模拟了一番红藤与"crimson"的对弈后,略微显出恶作剧似的表情。

"啊,对了对了。"他从口袋里掏出智能手机,放到桌上,"今天是关于红藤先生的采访,所以我带来了一样好玩的东西。"

说着,三杉先生开始操作手机。喇叭里传出夹杂着噪声的声响。像是什么的录音。

"这是我从老家的盒式录音带里抢救出来的。其实我上小学时在电台和红藤先生说过话。"

"电台吗？"

"没错，是星期日早上播出的节目，孩子们可以打电话向名人嘉宾提问。有一次他们请的是红藤先生，我还打通了电话。我完全忘了当时都聊了些什么，后来从老家找出来一听，发现红藤先生说了一段非常有意思的话。"

"请问，为了提高将棋水平，我们应该怎么学习呢？"

喇叭里传出孩子结结巴巴的语声。听起来像三杉先生年少时的声音。三杉先生耸了耸肩，显得有点难为情。

"嗯……这个嘛，最重要的还是预判能力和残局能力，所以我觉得多摆残局研究一下就好。"

回答的语声有些尖细。确实是红藤的声音。虽然时有"嗞嗞"的杂音混入其中，但可以清楚地听到他在说什么。

还有这样的事啊……

为准备这次的专题做预先调查时，我把报纸和杂志里关于红藤的报道，以及将棋联盟保管的电视节目录像都看了一遍，但没有涉及广播节目。

不光是将棋的事，少年三杉还问了一连串孩子气的问题，比如喜欢的食物、喜欢的职业棒球队等等。红藤一一认真作答。

我边听边想：未来成为将棋软件开发者的少年以这样的形式与红藤交谈，着实有趣，似乎可以作为小插曲放入专栏文章。

这时，三杉先生说道："下一个问题。"

手机里的少年三杉问道:"红藤名人,您觉得计算机在将棋上战胜人类的那一天会到来吗?"

红藤立刻答道:"当然会到来。"

"嗯?可我手上有的将棋游戏软件完全不行啊。"

"现在是不行,但将来计算机会越来越强大,终有一天应该能超越人类。"

"会比红藤名人更厉害吗?"

"当然。会连我也不是对手。我想再过二十年左右,也就是二○一五年前后,一定会变成这样的。"

"嗯……"

三杉先生操作手机,停止了播放。

"你不觉得红藤先生很厉害吗?我们开发人员之间一直说,将棋软件会在二○一四年到二○一五年完全超越职业棋手。而红藤先生几乎完全准确地预言了这一点。我不认为当时的红藤先生很了解计算机,就算了解,也无法预测未来会有什么突破吧?所以,虽然我想他只是碰巧猜对了……但这话出自红藤先生之口,难道你不觉得他真的是看透了未来吗?"

"嗯……这倒也是。"

确实很有意思。也能作为专栏文章的素材吧。只是……

浮现在我脑海里的,完全是别的东西。

"不好意思,我一度把这件事忘得一干二净。也许是因为当时在我这个孩子的心里,觉得红藤先生不可能输给计算机,所以没能留下记忆。"

"那……那个,请问这个电台节目是什么时候播放的?"我问道。

"嗯?啊,这个嘛,盒式录音带的标签上写的是一九九六年七月六日。"

一九九六年七月——根据毯子女士的说法,黑缟就是在那个月的月末去找红藤的。

黑缟甚至还拿红藤的报道制作剪报,自然也听过这个节目。他爱慕红藤,也尊敬红藤,甚至称其为"将棋之神"。对于红藤轻易预测计算机会变得比自己强大,想来黑缟是无法接受的。

对如此遥远的未来所做的预测,不管能不能接受,人们一般都会置若罔闻。然而,这可是红藤的发言,黑缟做不到充耳不闻。所以他才要找红藤质问此事。但是,红藤坚持了自己的一贯主张。姑且不论红藤是否真的看透了未来,总之他确信二十年后计算机会变得比自己强大。莫非这就是那个辜负的期待吗?

我的脑中不断涌现出各种想象。

想来对此毫不知情的三杉先生苦笑着继续说道:"对了,现在回想起来,那一年——也就是一九九六年的二月,国际象棋的世界冠军与计算机展开过对决。当时比赛了六场,世界冠军以三胜一负二平的战绩获胜。可计算机不也赢了一场吗?可能红藤先生也知道这个结果,觉得在国际象棋领域,计算机应该很快就能超越人类,既然如此,将棋领域也必然会发生同样的事情。"

我不由得抬起头。

"那个,你是说卡斯帕罗夫和'深蓝'吗?"

"没错,没错。"

二十世纪九十年代,国际象棋世界冠军加里·卡斯帕罗夫与IBM公司制造的超级计算机"深蓝"进行了一场对抗赛,此事极为有名。原来就是在那个时候啊。

三杉先生继续说道:"一年多以后的一九九七年五月,双方再次对决,这回'深蓝'以两胜三平一负的战绩获胜。当时媒体大肆报道,说计算机终于在国际象棋领域超越了人类。"

一九九七年五月——这次的时间是在案发当月。时间上的吻合究竟意味着什么呢?

我倒吸了一口冷气。

黑缟对红藤情有独钟。尽管他本人另有说辞,但那情感里毕竟混合着爱恋和对棋手红藤的尊敬吧。

恐怕黑缟从小学时第一次和红藤对弈开始,就在各种意义上被红藤迷住了,以至还奉他为神。而事实上红藤棋力强劲,足以被称为神。

当然,黑缟应该也明白,其实红藤是人而不是神。毕竟黑缟自己就战胜过红藤,虽然只有四次。红藤也并非完美无缺。不过,只要实力压倒性地强,足以让人觉得鲜有的败绩只是"巧合"或"偶然",那么称其为神也无妨。

但是,如果出现了一样事物,比红藤更具压倒性地强的实力，近乎完美无缺，那么情况会怎样呢？进而，如果那不是人，而是计算机呢？红藤会被拉下"将棋之神"的宝座，降格为将棋实力最强的"人"吗？对黑缟来说，这岂不是一场噩梦？

然而，红藤本人却预测了这样的未来。

计算机在国际象棋领域取得的胜利，构成了"双保险"。黑缟就此确信，红藤的预测一定会成为现实……

于是，黑缟试图阻止这样的未来。当时，黑缟以外的人也把连续数年独揽七冠的红藤誉为"棋神"。如果时间就停止在那一刻，这个称号就将成为永恒，红藤不会输给计算机，永世为神——黑缟就是这么想的吧。

莫非黑缟是为了永远把心爱的男人奉为神，才犯下了那桩命案？

当然，两人之间大概确实存在纠葛。遗书中的"我也没打算在杀死神后苟延残喘"，应该是他的真心话。但其余的大部分内容都是谎言吧？为了隐藏真正的意图，他巧妙利用在名人战中屡屡败给红藤的事实，编造了动机。

而二十年后的今天，"棋神"成了红藤的代名词，我也准备以"红藤连计算机都能战而胜之"为要旨撰写文章。

"您怎么了？"

三杉先生朝我搭话，使我回过神来。

"啊，没什么……"

三杉先生也自夸"crimson"已超越人类，同时却又表示红藤有获胜的可能。既然红藤已不在人世,也就无法否定这种可能了。

红藤至今仍是棋神,将棋之神。恐怕今后也永远是。如果红藤还活着……想必他的任务会是以"人类最强棋手"的身份证明谁也敌不过电脑。因为死了,红藤才成了神。

正因为确信会有这样的未来,黑缟才带着安详的笑容死去了。

不,谁知道呢。大部分都只是我的想象。恐怕我也无法去查证。只是,这样的解释可轻易令人释怀。我能够确信一定是这样。

黑缟并没有杀死神。他创造了神……

推定冤案

I

咦？好奇怪啊。

我摸了摸内口袋，指尖上没有纸张的触感。

我很少有机会在人群前说话，理应准备了讲稿——上面写有寒暄用语。

我开始追寻记忆。在工作室的办公桌前，我把话写上 A4 复印纸，折成了四分之一大小。而且，确实放进了上衣的内口袋。是的，我记得很清楚。

然而，无论怎么掏摸也找不到讲稿。难道是放进外套的内口袋了？

斜对面，今天的主角——浦川克巳正握着麦克风致谢词。

"老实说，我仍有不少困惑，但撤诉还是让我松了一口气。

有一段时间我甚至做好了心理准备，以为能像现在这样喝酒的日子不会再有了。真的非常感谢大家。"

浦川深深地鞠了一躬，我们包租的意大利餐厅内响起了雷鸣般的掌声。浦川的母亲在他右侧抹泪，左侧的律师大河原则摇晃着庞大的身躯，"嗯嗯"地点着头。

浦川垂首的时间长得可以缓慢地数到五，接着他抬起头，没有放下麦克风，而是在掌声止歇后继续说道："请允许我再补充一件事。尽管我如此这般获得了自由，但案子本身还没有解决。我希望能早日抓到真凶。"

掌声再次响起，比刚才小了一些。

"好了，现在我想请'扶持会'的会长——长泽先生为我们致祝酒词。"

本次宴会的司仪由律师事务所的职员担任，在其主持下，浦川手中的麦克风转到了我这里。

没能找到讲稿，不过也无所谓了。祝酒词也不需要多华丽的辞藻。重要的是心意。

我接过麦克风，姑且把心里想到的话说了出来。

"非常感谢今天大家能聚集在这里。呃……我平常创作的少年漫画，都是克服种种苦难后正义最终获胜的模式。这次能让大家看到，不光是故事，在现实世界里正义也最终获得了胜利，我感到无比高兴……"

话说得比想象中流畅。

"大河原老师、'扶持会'的各位成员,以及被证明清白的浦川先生,今天就让我们一起分享这份喜悦吧。干杯!"

楼层内"干杯!"之声不绝于耳。到处都是酒杯互碰的声响,仿佛突如其来的潮水。

我也伸长了手,与浦川碰杯。

"太好了!"

听我这么说,浦川点了点头。不知为何,他的笑容里含着些许困窘。

*

自从与浦川在大学的漫画研究会上相遇,我俩已有二十年的交情。在我这一届,只有我和他毕业后继续创作漫画,成了职业漫画家。

我俩创作的东西完全不同,所以不存在竞争关系,反倒是一起与漫画这一表现形式进行搏斗的好战友。说不清是谁邀请的谁,总之一年有好几次我们会去喝喝酒,汇报近况,有时则聊聊对双方作品的感想,就漫画理论展开争辩。

大学毕业两年后,我荣获少年杂志的新人奖并由此出道,从那以后一直在创作所谓的"正统"少年漫画,至今已出版四十多部单行本,代表作还被改编成动画。我感觉,即使是不怎么看漫画的人也知道我的笔名——长泽拓斗。

另一边，浦川则在二十多岁的时候长期独立制作同人志，尽管三十岁后也开始为商业杂志创作漫画，但能在书店上架的单行本只有三部。至于他的笔名——宇兰，想来一般人几乎都不知道吧。

单纯从作为漫画家的知名度和单行本的销量来看，我在他之上。但那是因为我走主流路线，一直在为读者绝对数量较多的杂志画漫画，并不能说明我和浦川在创作水平上的优劣。倒不如说，我一次都没觉得身为漫画家的自己比浦川优秀。

浦川的漫画绝非普通大众都能接受的类型，但有能抓住读者灵魂、令其疯狂的可怕力量。相比之下，我画的东西不过是"单纯的娱乐"。当然，我也是抱着职业人的骄傲在创作"单纯的娱乐"，所以觉得这样也挺好。但是，回归一介读者的身份时，能让我发自内心地感叹"真厉害！"的，还数浦川的作品。

说到底，我就是浦川的追随者。浦川活跃于小众领域，追随者不多，但相应地个个热情如火。而我就是其中的翘楚。

浦川因杀人嫌疑被逮捕是在今年六月。

我确信他清白，便召集朋友、熟人组织了"相信浦川克巳清白之扶持会"，开始从外围展开支援浦川的活动。

活动起了效果——或者说也是因为警方的自毁行为——在千钧一发之际，浦川洗清了嫌疑，被无罪释放。

于是就有了这场庆祝宴的诞生。

*

大约是在干杯的一个小时后。

我有点想抽烟,便来到店外的吸烟区。因暖气和酒而发热的身体沾上冷空气后,感觉很舒爽。夜空中星月皆无,薄云反射着路灯的光,呈现出朦胧的灰色。

我叼起一支烟点上。这烟不知何时从"柔和七星"更名为"梅比乌斯"了。

这时店门开了,倏然现出一个高大的身影。是律师大河原。他好像也是出来抽烟的。

"辛苦了。""是你们辛苦了。""说起来,真是太好了。""嗯,确实。"

经过几回合不痛不痒的对话后,大河原问道:"说起来,长泽老师好像也被栽赃陷害,受了不少困扰?"

"嗯,算是吧……请问你是从哪里听到的?"

"啊,对不起,是我刚才听铃木先生说的。"

铃木是杂志编辑,我在他那边连载作品。他也响应我的号召加入了"扶持会"。

"真是的,那个人什么都往外说。"

"请不要生气。铃木先生很担心你,所以向我……"

"嗯,我知道。毕竟我也觉得需要做些应对。"

"看来漫画业界也有一些奇怪的人啊。"

"与其说'也有'……倒不如说这个行业中怪人遍地吧。爱钻牛角尖的人尤其多。"我苦笑着附和道。

"是吗？毕竟是因为这种工作需要想象力，是吧？"

"嗯，也许是吧。"

若按社会上的一般标准来衡量，我想自己大概也是个怪人，而且爱钻牛角尖。否则不会毕业后也不找工作，只想着靠漫画吃饭。

大河原哼哼唧唧，点着和身体一样显大的头说道："好吧，牛角尖能往好的方向钻倒也罢了，性质恶劣的那种可就伤脑筋了。"

"就是。"

我感觉，堀内沙罗就是被这种"性质恶劣的牛角尖"掌控了。这半年来她一直往我的工作室打电话。

堀内在两年前是我的助手。

现在的商业漫画，由于对背景等的描绘高度精细化，漫画家若要独自一人创作，要实现连载岂止是很难，简直是完全不可能。像我这种在少年漫画周刊上连载作品的人，至少也得雇三个助手作画。如果是画风精细的类型，雇用十人以上也不稀奇。

助手里有一种叫"专助"的人，在作画方面的技术比一般漫画家更高，专做此项工作。但在少年漫画领域，多是漫画家的苗子担任助手，把它当作兼顾修行的副业。

苗子毕竟是苗子，不会久留。要么成功出道自立门户，要么放弃漫画从事其他行业，长则几年，短则寥寥数月就会离去。

我的工作室长期雇用五名助手，专助只有领头的那位，其他人则频繁更替。不过，我这个人有时也会厉声呵斥他们，很多人因为讨厌我的做派而辞职。

堀内沙罗也是因此而辞职的人之一……应该是。

之所以说得有点含糊，是因为我对她的记忆不深。

一切都始于六月。那是浦川被捕前不久的事。深夜里独自一人干着活，突然有人打来电话。

"老师，好久不见。我是堀内。"

听对方自报姓名时，我完全没想起她是谁。

"请问，您是哪位堀内？"

听我这么一问，堀内用愤怒而无奈的声音一一讲述了她帮我作画的时期，以及当时发生的事。

"你不记得了？太过分了……我是堀内沙罗啊。*hyperballad* 的第125回到第139回，都是我协助作画的，刚进工作室的时候还被你大骂'连透视图法都不会吗！'……"

听着听着，我隐隐约约地想起来了。噢，对啊，原来是那个女孩啊。

记得她是看了杂志上的助手招聘广告来应聘的……年纪大约二十五岁。人长得相当漂亮。我想有这样一个女孩在，也许能提升其他年轻男性助手的工作热情，便录用了她。谁知她这个人，最重要的作画技术糟糕透顶，结果才三个月就辞职了。

"啊,是的是的。对不起啊,原来是堀内小姐啊。好久没见了。现在情况如何?"

我姑且这么一问,不料她语出惊人:"我要你负责。"

"负责?"

"老师,你和我单独在工作室的时候,强行做了……那种事,对吧。"

"啊?!"

她的意思是我强暴了她。

毫无疑问,我不记得做过那样的事。

因为轮班的关系,可能有过两人单独在工作室的情况;可能我也严厉批评过她的过失。可是,我应该连一根指头都没碰过她。

毫无印象。我只觉得这是彻头彻尾的捏造。可她却喋喋不休。

"老师确实做了!请你负责!"

她倒也没说有孩子了(因为没做过,所以不可能有),只是一个劲把"责任"二字挂在嘴上。简而言之,就是要我付钱。

"你在说什么呀?我绝对没做过那种事。如果你有我做过的证据,就拿给我看。"

当时我严词否认,但之后堀内沙罗依然每隔一到两个星期就打来一次电话,重复同样的话。

我一边抽烟一边向大河原讲述大致情况。

"她打电话不是很频繁,感觉是在我快要淡忘了她的时候会打过来,但还是让人很不舒服。"

"原来如此。你知道这个女人现在在哪儿,在做什么吗?"

"不,我不知道。"

铃木编辑通过调查,得知堀内已不在漫画圈子,但也没回老家,连她父母也不清楚她在哪里。

"不过,我想多半离得很近吧,或者说还在东京……她必会在工作室里只有我一个人的时候打电话过来。我不太能想象这只是巧合。"

大河原的脸阴沉下来。

"你的意思是,你被监视了?"

"是的,从她的话里也能听出一些端倪。我在住宅兼工作室的院子里铺了模仿我漫画角色的地砖……"

记得是在上个月,打来电话的堀内沙罗这样说道:"对了老师,你院子里的地砖很漂亮啊。"

当时我没往心里去,但后来仔细想想,她根本不可能知道这事。院子里铺上地砖是在她辞职之后。

"况且,由于围墙的位置,从外面是看不到院子里的地砖的。"

"嗯……这么说,她也可能进过你家的院子?"

"是的。起初我以为她捏造事实是为了钱……现在又怀疑她是因为什么事得了心理疾病。"

"啊，这是有可能的。毕竟就算是为了钱，干出威胁这种事的人也有不少是心态失衡了。还有人一开始是有意识地说谎，但说着说着就开始坚信真有其事。所谓的主观性事实，其实不是那么牢靠的。人就是这样一种动物，每时每刻都会改写对自己而言是事实的记忆。"

"总觉得有点吓人啊。"我耸了耸肩。

改写对自己而言是事实的记忆？从小小的记忆偏差到庞大的臆想，进而发展到应称之为"洗脑"的情况。这种情况确实存在。

浦川这次的事就是这样，而审讯浦川的那名刑警也一定是……

"舆论如何？没有被大肆宣扬吧？"大河原问道。

我轻轻点了点头。

"目前为止好像没有。对我来说，舆论才是最可怕的。就算没有事实依据，只要在网上写一句'被长泽拓斗强奸了'，也会酿成舆情。即使没有证据，对这种真假不明的话兴致勃勃、四处转发的人网上也多的是。"

正如"推定无罪"一词所示，关于违法犯罪行为，指出"你做过"的一方有举证责任。但凡举证不完整，嫌疑人都将被视为清白。这应该是近代法律的原则。然而，在这个国家，本该是法律守护者的警察或检察机关都会仅仅因怀疑就将无辜百姓视作罪犯，更何况普通人呢。

"就算想采取法律措施，不知道对方的住处也比较麻烦。等出了什么事再行动就晚了,所以可能还是找信用调查所调查一下比较好。"

"信用调查所啊,明白了。"

这时,铃木从店里探出头。

"咦?长泽先生,大河原先生,怎么,你们在这里抽烟啊?快去喝酒啦!"

看来宴席已准备就绪。

"好,抽完这支就去。"

恰好这时我已不觉得凉爽,而是觉得冷了。

我深吸一口烟,用力吐出,随后说出了心里一直以来的想法。

"大河原先生,那个姓神野的刑警也在改写对自己而言是事实的记忆吧?他可是实心实意地认定浦川是凶手。"

大河原重重地点了点头。

"嗯,我也这么想。正因为如此,他才不惜做出那种事。换句话说,也许神野刑警所看到的'事实'让他只能认为浦川先生是凶手。当然……"身材魁梧的律师微微垂下眼帘,"事到如今,我们已无从确认。"

II

临近午夜时,改地点为居酒屋的第二场会餐也结束了。众人在店门前击掌十次相庆后,各自散去。

我和浦川及他的母亲一起坐进了出租车。浦川的母亲从中途便开始迷迷糊糊，时而又像想起什么似的，睁开眼睛反复念叨"太好了""谢谢大家啊"。出租车抵达浦川的住宅时，她已熟睡过去。我也一起下车，合二人之力把她扶到卧室，送进了被窝。

此后，我俩在浦川的房间重新喝起了酒。

"好不容易过来，我们就把这个开了吧。反正你挑的肯定是你自己喜欢喝的酒吧？"

"算是吧。"我苦笑道。

浦川将琥珀色的酒"咕嘟咕嘟"倒入杯中。这种限量生产的大麦烧酒名曰"蝴蝶之梦"，是我在刚才的宴席上送给浦川的贺礼。

"回想起来，这还是那天以来，咱们第一次像这样促膝而坐啊……"

听我这么一说，浦川"嗯嗯"地点了点头。

*

六月十日案发那天，我也去了浦川的家，两人一边喝酒一边起劲地聊着天。

下酒菜是题为《万圣节前夜》的单回完结漫画，是浦川在五月发售的杂志上发表的作品。

此前浦川的作品多以外表靓丽的美女为女主人公，但《万圣节前夜》的女主人公不是成年人而是少女,而且还不是单纯的美少女。那个少女圆滚滚、胖乎乎,周围的人都叫她"猪"。这一设定与作品的情节和主题极为契合,成就了一部不可思议的杰作。

"你连这样的女主人公都能画啊!"

"果然是天才呢!"

"这部作品拥有令读者疯狂的魅力!"

听我如此赞不绝口,浦川害羞地说:"你过奖啦。好吧,这确实是我的得意之作。"

"反响如何?"

浦川每发表一部作品,他的追随者都会给杂志的编辑部发送写有感想和激励之词的邮件。假如我不认识浦川,我也一定会这么做。

"托你的福,编辑部收到了许多比以往更热情的邮件。据说反响跟发表《复活的星期天》那时一样,甚至更大一些。"

"啊,那部作品也是很棒的。"

《复活的星期天》是过去浦川在同一家杂志上发表的作品,他本人及读者都认可这是他的最高杰作。

"不过,我总觉得《万圣节前夜》比《复活的星期天》更好,可以说是你新一代的最高杰作吧?"

浦川露出谨慎的笑容,说了句"也许吧"。

当时浦川恐怕做梦也没想到,创作这部作品竟会把他自己逼入绝境。

那天晚上我是十一点离开浦川家的。案子则发生在一小时后。

午夜零点之际,一个初二女生独自行走在浦川家背后的河堤上。有人在少女身后搭话,趁其停下脚步时袭击并杀害了她。周围人影皆无,只有星星和月亮看着这一幕。

少女为什么会在那个时段出现在那种地方,至今仍不得而知。

后来据媒体报道,少女并无行为不端的倾向,回家时间从未超过晚上八点。这一天少女和平常一样,参加学校铜管乐部的练习直到晚上六点,此后便和朋友一起踏上了归途。她在住宅区的小巷与朋友分别,只剩孤身一人则是在晚上六点四十分左右。据说当时她的样子也无任何异常。

然而,少女没有回家。

晚上九点过后,忧心忡忡的家人向警方咨询,当地街道的志愿者也展开了搜索,但没能在人还活着的时候找到她。

最终,人们在第二天凌晨发现了面目全非的少女。

死因是窒息。少女的脖子上缠着黄黑条纹的聚乙烯绳,人称"虎斑索"。现场的河滩上有好几根同样的绳索。很快警方便查明,过去建筑队在附近施工时,把河滩用作资材存放处,这些绳索是施工人员遗忘在那里的。

少女仍然穿着和朋友分别时的初中校服,但衣物凌乱不堪,有遭受性侵的痕迹。疑为案发时毁坏的手表停在零点十二分,与司法解剖的结果也不矛盾,因此警察断定这就是作案时间。

此外,少女的阴部插着她自己携带的鼓棒。这项信息最初被压着没有报道,浦川被捕后才公之于众。

毫无疑问,罪犯实施了残酷的凌辱和杀人行为。然而,据说案发现场没有留下凶手的痕迹,别说体液了,就连一枚指纹、一根头发都没能发现。至今也无人声称目击了行凶过程。这是一桩证据极其稀少的案子。

媒体的报道始于六月十二日早晨。

我也是看了早间新闻,才忍不住给浦川打了电话。

"刚才电视上报道的那个案子,就发生在你家背后吧?"

"嗯嗯,我也刚好看到了。从昨天开始警察就一个劲在那里晃荡,我还想是什么事呢……"

"总不会是你干的吧?"

"说什么蠢话呢。"当时他还优哉游哉地耍着贫嘴。

*

"现在啊,我才敢说出口。"我喝了一口限量生产的大麦烧酒,说道,"其实,从一开始我就有一点不祥的预感。"

"不祥的预感?"

"嗯。就算不是警方说的那种'酷似',可你画的《万圣节前夜》有一部分内容跟命案很像啊。所以我想，如果人家知道现场附近就住着一个漫画家，画过那样的情节，还能不怀疑你吗？"

我的预感应验了，事实上也确实变成了这样。

"是吗……"

浦川抬头望向斜上方，仿佛在思考什么。

"怎么了？"

"没什么，我在回忆最初看到案件报道的时候，我在想什么来着……"

浦川的视线游移不定，饱含不安之色，像是在寻找什么。

*

刑警突然出现在浦川家，要求他配合警方接受调查，是在案发近两个星期后的六月二十三日。刑警也来找过我，询问了六月十日那天浦川的活动轨迹。

就在那之前不久，堀内沙罗刚打来第一次电话，以至我完全忘了案子的事。警察的突然到访让我大吃一惊。

我心想"浦川果然被怀疑了"，另一方面又觉得"这不可能是那家伙干的"，便热情地向刑警们解释，说浦川为人温厚，连虫子都不敢弄死，绝对不是那种会杀人的人。

然而，刑警只是冷冷地放话道："不，我们想确认的是浦川先生当天的活动轨迹。你和浦川先生在一起直到晚上十一点，之后他在哪儿、做过什么，你并不知情吧？"

两天后，六月二十五日，浦川被捕了。

我联系了律师大河原。据说他是逮捕现场的当值律师，后来直接成了浦川的辩护人。

这位横里竖里都宽的律师愤慨地说："真是太过分了，这是我所知道的最糟糕的不正当逮捕！"

据说与律师会面时，浦川拼命表示："我绝对没做过，请帮帮我！"

浦川与被害少女素不相识，也不存在任何可称之为"交集"的联系，既无目击信息，也没有物证。

况且，浦川还有不在场证明。

那天晚上我回去后，浦川徒步前往离自家有二十分钟路程的便利店，在那里站着看了一会儿杂志。

监控摄像头拍下了他的身影。准确地说，从晚上十一点四十三分到次日零点零五分，浦川一直在便利店的事实得到了确认。他本人主张自己是在零点三十分左右回到家的。

从便利店到犯罪现场的距离与到浦川家的差不多，需步行二十分钟。按常理推断，浦川零点零五分从店里出来，不可能在少女的手表停止走动的零点十二分作案。

"但是，警察说有可能。"大河原怒气冲冲地说。

警察认为浦川利用了自行车。骑自行车全速骑行的话，五分钟之内就能从便利店赶到现场。因此，完全来得及在零点十二分到达。

"浦川先生确实有自行车，而且根据试验结果，只要全速骑行，并非不能在五分钟之内从便利店赶到现场。这在物理层面上是可行的。然而，最重要的证据——表明浦川先生使用过自行车的证据并不存在。至于从便利店全速赶往河滩的理由，以及被害少女那么晚在河滩上做什么，也都没有任何解释。"

"那个……"我插嘴道，"浦川那家伙最近可是很在意自己的将军肚的，能步行则步行。如果是步行路程二十分钟左右的便利店，他应该不会骑自行车。"

大河原"嗯嗯"地大点其头。

"正是。浦川先生本人也这么说过。可是警方根本不听就决定逮捕他了。"

"果然还是因为那家伙创作的漫画吗？"

"没错，这是警方基于偏见的结论先行。"

浦川克巳，笔名"宇兰"，创作面向成人的漫画，简而言之就是色情漫画家。其风格就是那种被称为"猎奇"或"怪诞"的东西，极挑读者。性爱场面几乎全是强奸；也有人体损毁或杀人之类的过激描写，令人感叹"有必要做到那个程度吗"。这类题材很难得到大众的理解，但浦川将它们表现到了极致，使其得以升华，步入了"描绘嗜虐与被虐之混沌"的艺术境界。

他今年五月发表的杰作《万圣节前夜》中，就有与案情相似的场景。

浦川改变以往作品中的女主人公形象，塑造了一个圆滚滚、胖乎乎、被叫作"猪"的少女，而命案的被害少女也是圆滚滚、胖乎乎的。

此外，漫画里的"猪"在学校教室穿着制服遭到强暴、阴部被塞入圣玛利亚像后，罪犯用少女的头发扎成的绳子勒住她的脖子，将其杀死。这一点也与案情相似。

这种漫画出于一个住在案发现场附近的男人之手，招致怀疑也并非不能理解。但是，明明没有任何其他证据，仅凭这一点就走到逮捕这一步，显然是过火了。正如大河原所言，这不是不正当逮捕还能是什么？

"警方认为，嫌疑人过于沉浸在自己创作的漫画中，无法区分现实与幻想，所以犯下了罪行。"在实施逮捕后的记者招待会上，警方如此宣扬道。然而，这才是区分不了现实与幻想的胡言乱语。究其根源，毫无疑问此处存在对过激成人漫画创作者浦川的职业歧视。

此外，警方还表示"漫画的内容与案情酷似"，但其实细节方面大相径庭。退一万步讲，就算"酷似"，一个人在案发前创作过什么漫画，也根本不能成为其作案的证据。

假如像漫画这样的虚构作品可以成为证据，那大概也只有在秘密暴露的情况下——也即案发后发表的作品内含只有罪犯才知道的信息时才行。

总之，只因警方"觉得可疑"，浦川就被逮捕了。我只觉得此事过于轻率，过于武断，极不合理。

*

也是因为之前喝过酒了，我们以一小时一杯的缓慢速度，小口小口地啜饮"蝴蝶之梦"。其间我们几乎不说话，时不时地像想起什么似的，聊聊案子的事。

"你被捕后，媒体的报道真的很过分。"

"好像是……虽然我被拘留着，其实不太清楚媒体做了什么。但母亲也说她受了很多骚扰。"

"你去提起民事诉讼吧。大河原先生可是说过的，能捞到不少钱呢。你明显受到了媒体报道的伤害，必须让他们承担责任。"

浦川摇了摇头，脸上显出极度为难的表情。

"不，这个我还没……"浦川欲言又止。

还没？还没什么啊？

*

原本即使被警方逮捕，也不意味着已被确定为罪犯。在庭审确定有罪之前，理应是推定无罪。

然而，浦川刚被逮捕，媒体就全盘接受了警方的说辞，以实名展开报道，把浦川视作变态杀人犯。

我切身体会到，媒体的职责是"监督权力"这一说法就是巨大的谎言。

也不知是从哪里找来的，在媒体使用的照片里，浦川双目圆睁，眼睛比平常大了五分，看上去面目狰狞。报道充满偏见地介绍他创作的成人漫画，甚至引用与案件毫无关联的他中小学时代的毕业文集，断言"从那时起就能看出其人的异常"。进而，还有人说"为了今后不再发生这样的案子，应该在法律上管制过激漫画"。这种主张完全是在谬误的方向上侵害了创作自由。

如此这般，社会将浦川塑造成杀人犯。但事实上，另一边，大河原律师则对未来持乐观态度。

浦川被拘留的第三天，大河原会见其本人后斩钉截铁地说："我们完全有胜算。或者说，照这个形势下去，浦川先生不会被判决有罪。"

我惊讶地问："真的吗？日本刑事诉讼的有罪率不是很高吗？"

"是的，受到起诉并送审的话，百分之九十九以上都会被判决有罪。不过，这次浦川先生的案子首先就不会被起诉，所以不会开庭，自然也不会被判决有罪。"

根据大河原的说明，高得异常的有罪率背后隐藏着这样一种实情：对于不能确定在法庭上赢得有罪判决的案子，即使逮捕了嫌疑人，检察机关也会不予起诉，并将嫌疑人无罪释放。

"目前为止还没有一个确凿证据能证明是浦川先生干的。而且他也一直在否认。"

我去见浦川时,他也曾铿锵有力地说:"我绝对没做过。"

"只要浦川先生否认到底,就能在毫无证据的状态下迎来拘留期限。检察官在这种情况下绝对不会起诉。"

我心想,原来是这样啊。与此同时,对于实施强行逮捕的警察和仿佛已定罪一般加以报道的媒体,我心中涌起了怒火。

大河原也说:"一旦不予起诉,不妨就以损害名誉罪起诉他们。当然,这是要在浦川先生愿意的情况下。"

然而,在浦川被拘留的一个星期后,形势开始向诡异的方向发展。

某日我与浦川会面,他脸色苍白地说:"其实我撒了一个谎,就一个……那天,我是骑自行车去便利店的。"

此前浦川坚称是走着去便利店的,从根本上否定了警方"骑自行车全速赶往案发现场"的主张。现在搞这一出,就等于推翻了一部分供词。

我对他的坦白颇感震惊,问道:"啊?可是,那点距离你平时都是走着去的啊。"

"不……不是……那天……那个,我想偶尔一次也行吧,就骑自行车去了。"浦川一副心神不宁的样子,两眼东张西望地说道。

这是怎么回事?那天晚上浦川骑自行车了?难道是眼看着要背上子虚乌有的罪名,情急之下说谎了?

总觉得难以释怀，但本人都这么说了，应该不会有错吧。我当时这么想。

只是，骑过自行车就意味着不在场证明的完全丧失。大河原的试验也证明，警方所主张的犯罪过程在物理层面上是可行的。当然，话虽如此，若没有其他证据，想来也不能把罪名强按在浦川头上。

我略感不安，确认道："只有这一件事吗？供述里没有其他与事实不符或隐瞒没说的地方吧？"

听我这么一问，浦川的目光变得游移不定，最后才挤出一声"嗯"，点了点头，就此垂下了脑袋。随后，他微微颤动着头，开始小声嘀咕起来。

"啊？喂，你怎么了？浦川，你在说什么？"

我把耳朵凑近会见室的亚克力板，只听浦川像念佛似的反复说道："不是我，不是我干的。真的。不是我。饶了我吧。不是我干的，我真的没干。原谅我吧。不是我干的。不是我。对不起。不是我干的。我真的没干啊。不是我干的。"

我不禁汗毛直竖。

明显不正常。某种非同小可的事发生在了浦川身上。

没多久大河原就获得了情报。

"审讯浦川先生的，好像是神野彻平。"

我也知道他。以前为搜集漫画素材调查警察组织时见过名字。这位老资格的刑警非常有名，被誉为"平成时代的神警"，曾多次被媒体报道过。

"也有人给神野取名叫'罪犯攻略怪'吧？"

光是杀人案的调查，神野就参与了两百多起，在其中的很多案子里都发挥了重要作用。据说他尤其能在审讯方面发挥出世所罕见的实力。

大河原点了点头。

"是的。过去神野也在好几桩缺乏物证的疑难案件里迫使嫌疑人招供，破了案子。上面高度评价他的这些功绩，甚至还授予了他警察功勋章。但另一方面，他又是一个负面传闻不断的人。比如，与黑社会的勾结，对不喜欢的同事进行权力骚扰。在卓越的审讯能力方面也是相当微妙……有人说他没准是在干刑讯逼供之类的事。"

"刑讯逼供？二十一世纪的日本会有这种事？"我忍不住问道。

大河原自嘲似的说："不敢说没有。其实日本的司法制度对逮捕后的嫌疑人采取的是近代以前的处理方式，以致联合国禁止酷刑委员会也点名批评说'简直就像中世纪一样'。"

我对此事一概不知。

"真的吗？"

"没错。日本可以把逮捕的嫌疑人拘留在警察署，这个叫'代用监狱'。"

"现在浦川就是这种情况吧？好像最多拘留二十三天？"

"是的。在此期间，警察可以自由地、反复多次地进行非公开审讯。然而，在发达国家中只有日本允许这么做。司法制度健全的国家会把嫌疑人拘留在警察署以外的设施，审讯时间合计最多为两小时。而且，一般都是在有录音和录像的状态下进行。你想啊，警察署就是一个巨大的密室。把嫌疑人关在里面，意味着警察什么事都可以做，就看是谁负责这桩案子了。"

"你的意思是，我们没有办法阻止警察的失控？"

大河原点点头，眉毛蹙成了"八"字形。

"正如你所言。如果神野刑警真像传闻说的那样，浦川先生极有可能正在遭受严酷的刑讯逼供。"

被拘留两个星期后，浦川的情况越来越不正常，仿佛是在印证我们的担忧。

"对……不起，其实，我只……只是有……有些……有些事一直没说……"亚克力板的另一侧，才几天就已憔悴得判若两人的浦川，用几近崩溃的语气说道。

"那……那天晚上，我站着看书在便利店？不，不不不不对。我是在便利店里站着看书，然后脑……脑子里，出现了漫……漫……漫画。对，没错，是漫画。谁的漫画？是是是是是我的漫画啦，是我的。我自己画的漫画，把'猪'搞得乱七八糟、奸杀肥胖少女的漫画，出现在我的脑子里。坐也不是，站也不是。我急不可耐地蹬着自行车去了河滩……"

浦川的双眼就像玻璃球一样，目光散乱。

"喂，浦川，你怎么了？你在说什么呀！你不是没去过河滩吗？"

我拼命问话，浦川也不看我，只是晃着脑袋以念佛似的调子喃喃自语："我去过。我去了，对不起。对不起，我一直没说。我说谎了，对不起。我去了河滩。对不起。我去了，我真的去过。对不起……"

浦川快要崩溃了。而且仔细一看，他的脖子上还有淡淡的瘀青，就像是被谁勒过脖子一样。上次会面时还没有这样的痕迹。

"浦川，他们在审讯中对你做了什么？"

浦川一听到"审讯"二字，牙齿就咔咔直颤，无声地哭了。

此时，我确信浦川受到了刑讯逼供或与之近似的恶劣对待。

第二天，大河原与浦川会面，试图问出他正在接受怎样的审讯。但浦川没有正面回答，只说"那天晚上我去了河滩"。

名曰警察署的密室里正上演着某些残酷的戏码。多半是出自"罪犯攻略怪"神野彻平之手。由此，浦川被迫一点点地改变证词，被逼到只差一步就要承认罪行的地步。我只能这么认为，而大河原也持相同意见。

但是，当事人被关在密室里，无法如实诉说自己的遭遇。在这种情况下我们束手无策。

"情况可能不妙。我能做出不予起诉的预估，仰仗的完全是浦川先生的否认到底。一旦他招供，就算没有其他物证，检察官也可能会起诉。这样的话，几乎不可能避免有罪判决。"

说这话时大河原脸色苍白，最初的乐观已荡然无存。

"但是，浦川的那个样子很不正常，怎么看都是被迫招供吧？"

"我也这么认为，但是没有办法对此举证。警方没有义务公开被拘留者的模样及审讯内容。代用监狱确实存在问题，这一点我也理解。但是，我没想到真有刑警会强行把白的说成黑的……"大河原神情苦涩地说。

眼前即将出现一桩显而易见的冤案，但我们受阻于制度的壁垒，无能为力。

在拘留期限将近的第十八天，浦川见我来了，一脸轻松地说道："我终于有勇气说出真相了。那天晚上我站在便利店里看书，脑子里突然闪过自己的漫画，然后就待不住了。于是我离开店，全力蹬自行车前往河滩。因为我总觉得那里会有什么东西。结果，我发现一个身穿校服的女孩站在那里，呆呆地盯着河面。我不知道她为什么会在那种时段出现在那种地方。对我来说，周围并没有什么眼目，不管怎样，重要的是那里有一个像是从漫画里走出来的肥胖少女。我觉得这简直是老天为我准备的，便悄悄地接近她，袭击了她。尽情地侵犯一通后，我掐死了她。对不起，我不想被判死刑，所以才一直撒谎。但我觉得，我必须直面自己的罪行，并为此赎罪。"

浦川面容憔悴、脸色极差，但话语清晰，已不见精神崩溃的迹象。浦川彻底认罪了。

两天后，在拘留期限即将到来之际，浦川被起诉了。

*

回过神时，早已过了午夜。与其说现在是夜晚，倒不如说是早晨。

"说实话，你走到被起诉的那一步时，我心想这下完了。我说，你招供的时候真的以为是自己干的吗？"我问道。

浦川默默地点了点头。

"是吗？果然，那个与其说是审讯，还不如说是用刑了，不，应该更接近洗脑。"

"……洗脑？"浦川注视着眼前被称作"虚空"的某处问道，仿佛将话语轻轻放置在了那里。

我不禁"啊？"了一声，以示反问。

"我是被洗脑了吗？"浦川再次问道，脸上布满了不安。

我不太清楚他在担心什么，但还是用力点了点头。

"是啊。好吧，我并不知道严谨的定义，但是你被迫认定自己做了根本没做过的事，因此可以说你是被洗脑了。"

没错，正如我和大河原所推测的那样，浦川的招供是"罪犯攻略怪"神野彻平强行制造出来的。

*

即使被起诉，也不会马上开始公审。大河原频频会见浦川，试图打听出审讯时发生了什么。

"那个姓神野的刑警给了我直面罪行的勇气。"

不料，浦川竟然还表示感谢，并未控诉审讯中的不当行为，更见不到一丝再次转而否认罪行的迹象。

"站在代理人的立场，既然本人都那么说了，就无法主张无罪了。如今恐怕只能在认罪的基础上展示反省之意，请求减刑了。"炎热的夏天结束了，风雨飘摇的秋季过去了，公审日期确定下来时，大河原也终于吐露了近乎败北宣言的话。

就在这时，对我们来说是起死回生，对警察——尤其是神野来说是致命一击的大杀器出现了。

其实应该说是警方的内部举报。

十月三十一日晚上，记录了神野审讯浦川全过程的视频文件，被分割成几段上传至互联网的视频平台。总计长达数十个小时的视频所呈现的内容，根本谈不上"审讯"。

神野完全没有听浦川说话的意思。反倒是神野一直在说话。他单方面地讲述自己推理出来的"事实"，向浦川确认"是这样吧？"。

"浦川，你听好了，那天晚上你站在便利店里看书，脑子里突然闪过自己的漫画，然后就待不住了。是这样吧？于是，你离开店，全力蹬自行车去了河滩。是这样吧？至于去河滩的理由……没错，因为你总觉得去了就会发生些什么。是这样吧？结果，你看到了一个身穿校服的女孩。她呆呆地站在那里盯着河面。是这样吧？她为什么会在那种时段出现在那种地方，对你来说根本不重要。对你来说，周围不存在眼目，有一个和你漫画中的人物很像的肥胖女孩才是重要的。是这样吧？你总觉得是老天为你准备了她。是这样吧？你悄悄地接近她，袭击了她。是这样吧？然后你尽情地侵犯她，接着掐死了她。是这样吧？"

这些话正是浦川招供的内容。

一旦浦川否认说"不是"，神野就像被触了逆鳞的龙，以可怕的音量怒吼道："不许撒谎！你这个卑鄙的家伙！""你干过的事我全都查清楚了！""你小子只要点头就行！"

然后他会说"接下来你给我老实回答！"，并重复同样的话，再说一句"是这样吧？"。如此往复循环，没完没了。

即使面对这种唯有"蛮不讲理"可形容的恶劣行径，浦川仍试图拼命否认。对此，神野会骂出"变态""人渣""杀人犯"等不堪入耳的脏话，甚至恫吓说"如果不承认，我可要杀你母亲了"，实难想象这种话是出自警察之口。

即便如此，浦川仍想苦熬，结果神野终于诉诸暴力，嘴里说着"我要让你尝尝被你杀害的女孩一样的滋味"，照浦川的肚子和腿部拳打脚踢，掐他脖子，甚至把他的衣服剥个精光，让他趴在地板上，往肛门里塞圆珠笔。简直就是当年的特务警察。在此基础上，神野一遍又一遍地重复"事实"，问着"是这样吧？"要求浦川承认。

用"严酷"都不足以形容了。

起初还态度坚毅的浦川眼看着渐渐心力交瘁。他哭着哀求道："求你了，不是我干的。请你相信我。"不久，浦川回答问题的样子变得奇怪起来，仿佛已精神崩溃。最后，他就像被驱了邪似的，露出一脸轻松的表情，全面承认了罪行："是我干的。一切都跟刑警先生说的一样。"

由此，我知道了在会见室窥得的蛛丝马迹背后的全貌。

浦川招供后，此前淫威滔天，相比之下连地狱恶鬼都显得像佛祖的神野也感极而泣。

"浦川，你居然鼓起勇气说出了真相。你是一个杀害无辜女孩的畜生。但是，像这样承认一切，决心回归人间正道，这是很了不起的。我因为工作关系，很清楚比起人走人道，畜生走人道要艰难得多。就算你认罪了，被害人家属和社会也不会原谅你。你做下了无可挽回的事，做下了绝无可能被原谅的事，但是，即便全世界都憎恨你，责备你，我也尊敬你。"

狭小的审讯室内，浦川反复说着"谢谢"，神野则反复说着"干得好"。然后彼此号啕大哭。

单看这个片段，没准还能说一句"好感人"，然而它远比之前的恫吓和用刑更可怕。

浦川在密室中被洗脑了。他被强行植入了对神野而言非常理想的"事实"。

这就是"罪犯攻略怪"的真面目，一个号称将无数疑难案件引入解决之道的刑警。

任何人都可以自由观看的公开视频转眼间散播开来，就像捅了马蜂窝似的令警方陷入了混乱。

大家背地里向来对神野恶评如潮，但在业务现场却像崇拜神一样崇拜他，没人敢提意见。而且，神野还是被授予勋章的英雄。据说过去整个警察组织也迫于巨大的压力，一直在保护神野。但以此事为契机，这种保护轰然崩溃，要求检举其以往恶迹的声音此起彼伏。

视频公开一个星期后，警视厅举行公开道歉会，当场宣布对神野彻平予以免职处分，并让其退还警察功勋章。

至于过去神野参与其中的其他案件，也承诺全部重新梳理，勘查是否存在冤案的可能。这些调查才刚起步，其中也有被判死刑并已执行的案子。作为一个存在死刑的国家，今后此事没准会发展成日本司法史上最严重的丑闻。

公开道歉会的第二天，神野本人在自家客厅自杀身亡。而且场面惨烈，他是在没有介错人[1]的情况下，用厚刃尖菜刀切腹自尽的。一被逼入绝境就用极端方式进行清算，我总觉得从这一行为中能够窥见神野彻平其人的疯狂之处。

正如大河原所言，事到如今，神野的内心已无从知晓。

不过我觉得，在被海外人士指为"犹如中世纪"的日本司法制度下，神野还算得上一名"优秀"的刑警吧。

---

[1]在日本广泛流传的自杀方法"切腹"中，被找来作为切腹者助手在最痛苦一刻替其斩首的人被称为"介错人"。——译者

神野最大限度地利用了代用监狱的封闭性，强行令嫌疑人招供。倘若能做到这一点，那么极端地说，真凶是谁都无所谓了。既然如此，与其进行缜密的调查、搜集证据，还不如一有"可疑分子"出现在搜查视野内，就姑且抓来让其招供来得快。想来"可疑分子"即凶手的情况也不在少数，而且就算不是，只要招供，他们就可以是凶手。

　　浦川被逮捕时，我觉得这是不正当逮捕，过于草率和武断。但对神野来说，这难道不是最高效的破案手段吗？

　　这么看来，为神野的优秀做担保的是把"可疑分子"认定为罪犯的能力，以及用对自己而言是事实的事加以改写的能力。

　　不知道警方高层对实际情况掌握了多少。我不认为所有警察都像神野一样，也不愿意这么想。但是，只要这个国家还处于"中世纪"，维持着像代用监狱这样的制度，又怎能阻止神野第二、神野第三的诞生呢？除非像这次一样，出现了非常规的内部举报。

　　总之，整个形势因此被全面扭转。警察和检方的指责者蜂拥而至，大河原事务所的声援者络绎不绝。媒体也翻手是云覆手为雨，开始拥护浦川。

　　检方承认浦川的供述完全不具备证据效力，极为罕见地在公审前夕撤回了起诉。

　　因被捕一事，浦川遭受的打击绝对不小。不过，他好歹避免了最糟糕的情况——明明没杀人却要接受审判、接受刑罚。

根据搜查人员漏给大河原的口风，上传那个视频文件的似乎是参与本案侦破工作的刑警。

不过，这名刑警不像是对神野抱有深仇大恨的样子，性格上也是典型的息事宁人型，据说他突然做出这样的事，让周围的人很是吃惊。

相传他本人只说是"受了正义感的驱使"。虽然谁都认为他一定有别的强烈动机，但既然本人没说，也就无从知晓了。警方似乎也无意打草惊蛇，生怕会捅出更多娄子来。

*

浦川略微低着头，呓饮琥珀色的大麦烧酒。

对话中断之际，我从堆在屋角的杂志里拿起了一本。

那是两年前发行的杂志，我看了看目录，里面登载着《复活的星期天》。这是《万圣节前夜》发表之前浦川的最高杰作。对啊，这已是两年前的作品了。

我翻开书页。

重读一遍还是会被震撼到。

不过，相比之下，还是《万圣节前夜》更胜一筹。都是讲述女主人公被奸杀的故事，但把女主人公从单纯的美女换成肥胖少女"猪"，感觉表现力更丰富了。

"你果然厉害啊。读《复活的星期天》时，我还在想你终于到达这个境界了,谁知你在《万圣节前夜》里又有所超越。这次虽然经历了很多事,但你洗清嫌疑又能画漫画了。哪一天你可要画出比《万圣节前夜》更强的作品啊。"

浦川也不回应,只是轻轻点了点头。

宴席上也是如此,好不容易恢复了自由之身,浦川却一副愁眉苦脸的样子。

是因为还有着强烈的困惑吗?这一点他本人在致辞时也说过。毕竟是碰上了一只脚——不,是两只脚踩进地狱的倒霉事,也情有可原吧。

我决定道出按自己的理解想到的假说,希望能让他振作起来。

"我说浦川,你因为自己创作的漫画受到怀疑,陷入了困境。但是,把你解救出来的没准也是你那些漫画的力量吧?"

浦川抬起头。

"我那些漫画?"

"是啊。证明你清白的视频文件是在十月三十一日晚上——也即'万圣节前夜'上传的。说不定搞内部举报的刑警是你的粉丝吧?"

浦川轻轻地"啊"了一声,睁大了眼睛。

目前还没有办法联系到那位刑警,所以也无从确认。也许这只是单纯的巧合,但我认为完全有可能。浦川的追随者不多,但相应地会有一些极为热情的粉丝,其中有一个是警察也不足为奇。谁说警察就一定不会看成人漫画呢。

浦川再次垂下眼帘。

"可是，真是这样吗？"

"我当然不敢打包票，但毫无疑问，你的作品就是拥有如此这般打动读者的力量。"

是的，这一点我非常清楚。

浦川叹了口气，轻轻摇头。

"我不是在说这个……真的不是我干的吗？我没杀那个女孩吗？"

"啊？"

我感觉被打了个措手不及。为什么要怀疑这个？

"不是你干的对吧？"

听我这么一说，浦川一口气喝光了剩下的半杯"蝴蝶之梦"，加重语气说道："我可是记着的。我鲜明地记得，自己全力蹬自行车前往河滩，侵犯了那个女孩，最后勒死了她……"

"可这不是那个姓神野的刑警在密室审讯你时，给你植入的所谓的假记忆吗？"

没错，是假记忆。浦川的供述内容与事实有微妙的出入。少女不是呆呆地站着，而是走在河堤上。不是有人偷偷靠近后袭击她，而是有人从背后搭话，趁女孩停下脚步袭击了她。

"我确实经受了像酷刑一样的审讯，如今脑子里的记忆也和当时刑警重复的故事一模一样。"

"既然如此……"

"既然如此？你的意思是，既然如此，这段记忆就真是假的？"

"嗯，难道……不是吗？"

这回浦川大摇其头。

"这个我可说不清楚。不能因为审讯很过分，就说那个刑警的推理是错的。而且，直到现在我们都无法否认，刑警有可能说对了真相。"

一瞬间我感到了恐惧，仿佛内脏都要飘浮起来了。

不，不是你。浦川，不是你干的。绝对不是。

"我已失去被洗脑前的记忆。不，说起来，我连是否有过这些记忆都不知道。所谓的植入或洗脑，毕竟只是基于情状的推测罢了。"

"不，你等……等……等一下。"我拼命搜刮词语，觉得我有义务帮他辩解。

"对了，起初你不是一直在否认吗？原本你有别的记忆——自己没有行凶的记忆，然后否认了嫌疑，是吧？"

浦川眼神呆滞，连摇了三次头。

"那以后的事我就不知道了。那个刑警反复对我说：'你是个懦夫。你只是因为不想被判死刑，才坚称自己没有行凶。'现在我脑中的记忆就是这样的。我记得，我真的行凶了，却因为不想被判死刑，才坚称不是我干的。当然，这也可能是被植入的记忆。可我不知道是否真是这样……"

"就算是这样，也不要紧！"我忍无可忍地打断浦川，"就算是这样，现代法中也有无罪推定原则。既然现在没有你行凶的确证，就该疑罪从无。"

浦川轻轻叹了口气。

"是啊，在法律上我是无辜的。这一点我知道。我很感谢你和大河原律师为我奔走。我也不想成为杀人犯。但这个和真相绝对是两码事。"

"真相……"我重复着浦川口中吐露的词。

"对，我想知道的是真相。我是不是真的被洗脑了？我的记忆真是假的吗？我问你，我真的没有行凶吗？"

重复了一遍问题后，浦川低头不语。

我想起了浦川在致谢词后补充的那句话。

——我希望能早日抓到真凶。

这是他最迫切的愿望。

我没有现成的话可以拿来回答浦川的问题。

我无法忍受沉默，挪开了视线。

窗外一片黑暗。现在理应是首班车出发的时间，然而黏稠的黑色涂满了整个世界，直如深夜一般。

这是冬日里的一个漆黑的早晨，连一抹微光都没有。

Ⅲ

回到工作室兼住宅的时候，太阳已完全升起。

我买下这套带小院子的二手独栋小楼,重新装修,把整个一楼改建成工作室,二楼则用来居住。

院子里铺设的地砖反射着阳光,迎接我的归来。我创作的那些马赛克状的漫画角色都在笑。

脑中混沌不堪,仿佛被塞满了棉花。浦川的话就像一群不祥的虫子在里面缓缓地蠕动着。

推定无罪。浦川是无辜的。这不就行了吗?没错,这样就行。

总之,先躺下吧。睡一觉吧。

我朝一楼深处的楼梯走去,在穿过工作室的途中,余光捕捉到了一个白色的长方形。

我在心里"啊"了一声。

我的桌上有一张复印纸。是写着寒暄时该说什么的讲稿。确实是那张理应被折成四分之一大小放进上衣内口袋的纸,如今却赫然出现在那里,且毫无折痕。

我停下脚步,愣了一会儿。隐约产生了某种预感后,桌上的电话响了。

我看了看表。早上七点十三分。只要不是与截稿期限有关的纠纷,这种时候不会有工作电话打来。

我像被吸引着似的走近电话机,拿起听筒,将它贴在耳边。

"您好,这里是长泽工作室。"

"是老师吧?"

这是堀内沙罗的声音。两年前雇来后只干了三个月的助手。

——说到两年前，正是浦川发表《复活的星期天》的时候。那部作品也很棒。

　　见我不作声，她开始滔滔不绝起来。

　　"请承认并承担责任！老师强暴了我对吗？然后还勒了我的脖子！"

　　"等……等一下！"我忍不住大声打断道，"我……"

　　我可没做过这种事。最重要的是，像堀内沙罗这种单纯的美女我已经不喜欢了。

　　——浦川的作品很棒。浦川的作品拥有打动读者的力量。

　　我没有对堀内沙罗做过任何事。这就是我的记忆。

　　但是，我没能说出口。

　　突然，电话那头传来了笑声。刺耳的笑声充满确信，好似在怜悯和教导那些怀疑自明之理的人——比如，怀疑地球是圆的，怀疑某命题为假则逆否命题也为假。

　　堀内沙罗。她下落不明。她总是在我独处的时候打来电话。她肯定就在附近。

　　——浦川的作品拥有让人癫狂的力量。

　　她失踪后，我在院子里铺上了地砖。为了防止埋下的东西真有一天被挖出来，我用地砖压实了地面。埋了什么来着？没有记忆了。

　　笑过一阵后，她说道："真的不记得了吗？老师连我也……"

生前预嘱

1.我的伤病在现代医学上属于不治之症,倘若被诊断为死期已近,我拒绝只为单纯推迟死亡的延命措施。

2.不过,到那个时候,为了缓解我的痛苦,请通过适当使用麻醉剂等药物,对我进行充分的姑息治疗。

3.当我陷入无法恢复的迁延性意识障碍(持续性植物人状态)时,请停止生命维持措施。

我要向忠实履行上述宣言所说之要求的人们表示深深的感谢,并注明这些人遵从我的要求所做的一切行为,责任都由我本人承担。

——摘自日本尊严死协会之尊严死宣言书(Living Will)

◇

我是在星期五傍晚接到通知的。当时大家正在电影研究会的活动室里像往常一样闲聊。

因为肚子饿了，我们商量要不要去家庭餐厅吃饭。就在这时，放在桌上的手机突然一边振动，一边播放起达斯·维达出场时的配乐。

"怎么，松山小姐的来电铃声是达斯·维达啊？"

听到身边前辈的挖苦，我回答说"没有，这是给老家的妈妈单设的"，结果大家都笑出了声。

母亲并没有那么恐怖，设定这首曲子一半是为了搞怪。这事母亲当然不会知道。

我自己也苦笑着接了电话，然而母亲却告诉了我一个并不好笑的事实。

"住在饭能的外公出事故了，现在昏迷不醒，伤势严重……"

我不由得喊了一声"不会吧！"。周围的人全都一脸惊讶，不知道我这边发生了什么。我打手势向他们道歉，走出活动室听母亲讲述详情。

住在埼玉县饭能市的外公在小溪钓鱼时，失足被溪水卷走。虽然同在那个地方的钓友们救了他，但是他被从水里捞上来时已经没了呼吸，被直升机紧急送往市内的医院。

"听嫂子说，情况可能很危急……嗯，我也会和你爸爸一起去。千鹤怎么打算？"

"啊，我会去的。当然要去了。明天我休息。嗯，坐电车去。行了，没关系的。我这边会早到，而且是从车站打出租车过去。

嗯，那好，回头见。"

我挂断电话回到活动室，向众人说明情况，为没法一起去家庭餐厅表示歉意。

离开社团大楼跨上自行车的时候，我想起这是外公为庆祝我入学买的礼物——普利司通生产的、价值高达五万日元的城市自行车[1]。我十万火急地回到公寓，放下从学校带回的东西，把换洗的衣物和手机充电器塞进提包，随后再次骑上自行车赶往最近的江古田站。我把自行车停在站前的车棚里，穿过检票口。去饭能只有西武池袋线可乘。考进东京的大学开始独立生活后，外公的家就比老家更近了。我下到一号站台，坐上了刚好进站开往小手指的慢车。由于只有慢车会在江古田站停靠，与其等开往饭能的车，还是来什么就坐什么更快。果然，我在石药神井公园站成功对接，换乘上了开往饭能的快车。

一路颠簸的过程中，我的心里一直在重复一句话：外公千万别死。

外公今年刚好七十岁，与经营设计事务所的儿子、儿媳以及他们的女儿（也即我的舅舅、舅母和表姐）在饭能（也是我母亲的娘家）一起生活。

最后一次见到外公是在两个月前。他要去池袋买一台新电脑，于是我就陪他去了。

---

[1] 原文为"シティサイクル"，即英语的"City Cycle"。——译者

从工作多年的大型贸易公司退休后，外公说他以前总是在工作，往后要尽情地搞他的兴趣爱好，便每个星期都去爬一次山或钓一次鱼。他头发染得漆黑，腰板也挺得笔直，完全没有老龄感。外公头脑非常好，也熟知电脑，听说连最新的云服务都用得滚瓜烂熟。说实话，我觉得就算外公一个人去购物也没问题。

即便如此，外公还是说"今天要感谢千鹤，多亏有你，我才买到了好东西"，在回家路上溜达进千疋屋水果冷饮店，请我吃了圣代。

外公还调皮地说："好高兴千鹤住到我家附近来了，下次再来找外公玩吧。"

明明约好了不久后再一起购物的……

抵达终点站饭能站后，我打出租车来到医院，被带进了集中治疗室旁的家属等候室。等候室里，舅舅和舅母脸色苍白。外公还在治疗室，据说主治医生已表示"我们会尽最大的努力，但希望家属做好最坏的打算"。

"其实我一直很担心公公的身体。他虽然人非常精神，但毕竟年纪大了……我说有山啊、水啊的地方很危险，可公公说钓鱼能让他活得有意义，总是开开心心地往外跑……唉，早知道会变成这样，就算硬拉也要把他拉住啊。"舅母懊悔不已，两眼肿得通红。

"你别太自责了。我也一样。虽然担心，但总是乐观地觉得父亲应该没问题。不，是一定不会有问题的。父亲那么健康，我们要相信他的生命力。"舅舅鼓励舅母，他的眼里也闪烁着泪光。

我记得外公一向喜欢户外活动，暑假里经常带我去野营。据说他使用电脑也一大半是为了整理钓鱼时拍下的照片。外公谈论钓鱼的话题时，看起来真的很快乐，整个人都神采奕奕。我想如果是我站在舅母的位置上，恐怕也拉不住外公。

我能感受到舅舅和舅母是发自内心地挂念外公。不过，表姐早苗不见人影，则让我有些在意。

我委婉地问了一句，舅舅和舅母的脸色立刻阴沉下来。早苗和朋友出去玩了。虽然已取得联系，但直到现在她也没来。

"那孩子真是的，这种时候还……"

舅母叹了口气。我也心头火起。

退一万步讲，不知道也就罢了，既然已接到消息，就该放下一切火速赶过来吧？

早苗二十二岁，比我大三岁。记得小时候我们表姐妹的关系很好。早苗运动神经发达，初中时在县级运动会上获得过跳远冠军，是我的一个小小的憧憬对象。她和喜欢户外运动的爷爷似乎也很合得来，野营的时候玩得非常开心。

但是，早苗上高中后就变了。她染发，胡乱化浓妆，穿刺眼的粉色夹克，活像一个小太妹，或者说是不良少年。渐渐地我还听说，她开始逃学，和狐朋狗友到处游荡。说实话，我很抵触这种类型的人，而早苗也几乎不再参加亲戚聚会，我俩自然而然地疏远了，已有好几年没直接说过话。

"早苗也能像千鹤那样踏实就好了。她骨子里是个好孩子，只是因为有过痛苦的经历……"一起去购物时，外公说过这样的话。

早苗是在高一那年的冬天因跟腱断裂而退出田径队后，开始变化的。

她高中毕业后也不找工作，游手好闲了一阵子。不过，据说今年她开始在美容专科学校读书了，只是生活态度没怎么改变，总是在晚上四处游荡。

"去上学是好事，但她好像每天晚上都出去玩……不会在我还没睡下的时候回家。"外公非常担心早苗。

然而，现在出了这种事，她竟然也不马上赶来。

我抵达医院的一个小时后，父母也到了。又过了三十多分钟，早苗才姗姗来迟。

许久未见的早苗头发蜡黄，眼圈被睫毛膏涂得漆黑，嘴唇抹着深粉色的口红，身上套着一件带金色刺绣的白色连帽衫。发色也好，打扮也好，都与上次见面时完全不同，但气质并无变化，给人一种不良少年的感觉。她浑身冒着酒气，脸色通红。之所以眼睛湿漉漉的，想必也是因为喝了酒。

一看到她的这副模样，舅舅就怒吼道："爷爷出大事的时候，你在干什么呀！"

然而，早苗却满不在乎，噘着嘴说："你好烦。"

"开什么玩笑！"

见舅舅还想破口大骂，母亲忙劝解道："哥哥，这里是医院。"

舅舅如此生气，连我都很理解他的心情。不过，当早苗缓缓地转向这边时，我下意识地移开了视线。

没多久，等候室的门被敲响，身穿白大褂的老医生和女护士走了进来。

"请问，我父亲怎么样了？"舅舅不由自主地起身问道。

医生回答说："已经脱离危险。"

狭小的室内似乎同时响起了多个如释重负的声音。外公得救了。太好了，真是太好了。

"不过……"医生继续说道，"很遗憾，病人还没有恢复意识。"

"啊？那……什么时候能恢复呢？"这次是舅母在问。

"目前还什么都不好说。"

"那个……不会一直都醒不过来吧？"

医生微微摇头："很遗憾，这种可能也是有的。"

舅母轻轻地"哞"了一声。

"现在还无法下判断。我们打算观察一个晚上、做几项检查后，邀社工过来一起商量今后的治疗方案。所以我希望你们明天下午再过来一趟，可以吗？"

"我们倒是没关系……"舅舅朝我父母递了个眼色。

"我俩也没关系，过来的时候我就打算在这里住一晚。"父亲说。

"我也没问题。"我也点了点头。早苗一言不发，始终把头扭向一边。

父母在车站前的商务宾馆过夜，我则因为医院的家属宿舍空着一个房间，就住进了那里。

到了只有一个人的时候，我才发现自己饥肠辘辘。说起来，我确实还没吃晚饭。医院的小卖店已经关门，但附近有便利店，于是我从那里买caloriemate[1]和蔬菜汁吃。夜已深，所以我选择食物时很注意控制热量，只是这种东西在医院里吃，可就越发没有滋味了。我感觉自己选得有点失败。

此后我借用了淋浴房。医院的淋浴房虽然干净，但有一股特殊的呛人气味。

钻进被窝时正好是午夜零点。也许是换了枕头的缘故，我怎么也睡不着。

医生说可能恢复不了意识。这个就是所谓的"植物人状态"吗？

如此一来，外公肯定……

我想起了最后一次见面时外公说的话。

第二天下午两点，我们全家人再次聚集在家属等候室。早苗

---

[1] 原文为"カロリーメイト"，是日本大冢制药生产的能量补充食品的品牌名。——译者

也在，脸上老大不高兴。

除了昨天的医生和护士，还有一个年轻女护士和一个戴着眼镜、身穿西装的男子，后者据说是这家医院的社工。

首先，医生说明了住院观察和身体检查的结果。内容跟我昨晚想的一样。

"现在雄三先生陷入了深度昏迷状态，无法确认他的意识。从CT扫描的结果也可以看出，他的大脑受到了大范围损伤。这可能是因为呼吸停止导致大脑在一段时间内处在了缺氧的状态。不过，这并不意味着大脑的功能全都停止了。我们可以看到瞳孔反射等各种反应，病人也在自主呼吸，虽然非常浅。这说明，维持生命所必需的脑干等中枢神经大部分都没有受到损伤，还存活着。另外，以心脏为首的内脏也没有明显的问题，脉搏、血压都很稳定。想来今后基本不会出现病情骤变的情况。不过，要说是否能恢复意识……一般来说，在大脑因缺氧而受损的情况下，极少有人能恢复意识。虽然不能百分之百地断定，但以我的经验，感觉有极大的可能会发展成迁延性意识障碍——也就是所谓的植物人状态。"

大家多半都有所预计，或者说是做好了心理准备吧，谁都没有慌乱。

"那个……就算是这样，父亲也还是活着的，对吧？"舅舅问道，像是在乞求什么。

"是的。从医学角度来看，现在雄三先生确实还活着。但正如我刚才所说的那样，他的自主呼吸变得非常浅，实际上仅靠这个是无法维持生命的。所以我们正在用人工呼吸器辅助他呼吸。这是一时性的措施，如果今后还要继续使用人工呼吸器，就必须切开喉咙部分的气管做连接处理。因此，我想请你们家属内部商量一下，是否要做这样的处理。"

"不这么做父亲就会死，是吗？"

"是的。不过，如果恢复无望，也有很多人会选择尊严死。"

"尊严死？"舅舅一脸困惑地转着眼珠。

这时社工开口了，颇有接过医生话头的意思。

"由我来做说明吧。所谓尊严死，是指在所谓的终末期不采取延命措施，尽可能缓减患者的痛苦，使其在保持人类尊严的情况下安详离世。"

"也就是说，是安乐死？"

"不，这个和语言定义有关……在日本，'安乐死'指的是通过注射肌肉松弛剂积极地提早患者的死期。不过，这种做法有可能被列入杀人行为，过去也曾有发展成刑事案件的前例。当然，我院是不做这种事的。与之相对，'尊严死'说到底就是一种不延长生命，只缓解患者痛苦的措施。我们不会采取积极加速死亡的措施。"

"原来如此。"

"关于尊严死，目前并没有相关的法律规定，但厚生劳动省业已制定方案，文件名叫作《终末期医疗之决定程序的相关指南》。我院一向尊重患者的自主决定权,会以该指南为准则,请患者选择是延长生命还是迎接尊严死。"

社工一度中断话语,用手指调整了一下眼镜的位置,继续说道:"在这种情况下,最优先考虑的是患者本人的意愿。但是雄三先生失去了意识,我们无法直接确认他的意愿。所以,我们首先想确认的是,患者家属能否推断出雄三先生的意愿。比如,你们是否知道他本人写没写过生前预嘱?"

"生前预嘱?"舅舅重复了这个陌生的词。

"是的。也被称为'事前指示书',人们预先以书面形式写下身体出现不测时是否愿意选择尊严死,类似于一种遗嘱。如果有这样的东西,我们就会尊重其内容,并决定治疗方案。"

原来如此,所以才叫"生前预嘱"啊。

社工环视众人后,问道:"最近也有像器官捐献卡一样可以随身携带的生前预嘱卡,但雄三先生似乎没有……是不是这样?"

我们全都无言以对,面面相觑。过了一会儿,舅舅回答道:"这个我不清楚。应该这么说,我觉得父亲没写过那样的东西。你说呢?"

舅舅征求舅母的同意。舅母也"嗯"了一声,点了点头。

"住在一起的哥哥和嫂子都不知道的话……"

"嗯嗯。"

我父母也摇头表示不知道。

"那……那个……"

还是说出来比较好吧——我这么想着，微微举起手。

"其实上次我和外公见面的时候，呃……外公正好说过如果变成植物人是否愿意接受尊严死之类的话题。"

"嗯？"

"千鹤，这是真的吗？"

"嗯，是的。"

"就算没有留下书面文件，只要知道他本人是怎么想的，就有望拿它来替代生前预嘱。能否告诉我雄三先生是怎么跟你说的？拜托了。"

在社工的催促下，我开口道："好……好的。我和外公一起去购物的时候……"

那天，在千疋屋水果冷饮店里吃圣代时，外公像没话找话似的说："对了，千鹤，听说你喜欢看电影？"

"嗯。我在大学也加入了电影社团。"

"是嘛。前几天我在钓友的推荐下，看了一部叫《深海长眠》的电影。这个你知道吗？"

"啊，知道。就是那个，关于安乐死的电影……"

《深海长眠》是一部由真实故事改编的西班牙电影，于二〇〇四年上映。主人公是船员，年轻时遭遇事故，致使脖子以下完全无法动弹。此后，他长期接受家人的无私照料，过着卧床不起的生活。渐渐地，主人公改变了想法，相比继续活着，成为别人的负担，他更希望自己能安乐死。这部电影享誉全球，获得了包括奥斯卡最佳外语片在内的多个奖项，在日本也相当出名。我也曾看过DVD版。

外公说他看了《深海长眠》后，以此为契机重新审视了自己的生死观。

"以前我只是模模糊糊地觉得长寿一点好。怎么说呢，就是不想死，也想继续享受钓鱼的乐趣。但是，失去人生意义，靠别人照顾，人这样活着会觉得很痛苦吧。我要是卧床不起，连去钓鱼都去不了的话，可能也会想死。"

影片中，卧床不起的主人公做了一个在海上飞翔的梦，这象征着他失去的人生价值，或曰自由。而对外公来说，那就是钓鱼。

"还有啊，我想与其精神痛苦地靠抗癌药活着，还不如轻松地死去呢。你外婆去世的时候，我当然伤心了，也很沮丧，但现在回想起来，又觉得伤心归伤心，这人一下子走了倒也幸福。"

据说"活蹦乱跳立马走人"这句口号的意思就是：活着的时候健健康康，死的时候没有痛苦地突然离世。外婆就是这么走的，当时她比外公还精神，不知疾病为何物，没想到有一天却因心肌梗死突然死了。我感觉她走得确实很安详。

人终有一死，所以能没有痛苦地死去也许是最理想的。

"还有，因为很在意这个事，所以我做了很多调查。据说在植物人状态下，有时在旁人看来是昏迷不醒，但当事人其实有意识。这种事还真是没意思。"

我原以为,既然是昏迷不醒,本人自然是什么也感觉不到的,就跟睡着了一样,连梦也不会做一个。但事实上好像也不能这么断言。

即使是对外界刺激全无反应的植物人,如果调查脑电波,有时也会发现其大脑的活跃程度与健康人差不多。此外,据说有些患者奇迹般地从植物人状态恢复后,声称自己"一直都有意识"。

也就是说,这样的人完全无法动弹,无法与任何人交流,就这样被困在肉体之中。岂止没意思,简直让人觉得可怕。

"我终究不想活成那个样子。虽然日本好像不允许安乐死,但我希望至少不要延长生命,让我有尊严地死去。"

外公确实是这么说的。

"所以,我想外公是希望尊严死的。"

"原来如此,这是什么时候的事?"先前社工一边记录一边听我说话,此时他抬头问道。

"啊,呃……当时刚放暑假,所以正好是两个月前。"

"是嘛。时间隔得相对较近啊。这个应该可以替代生前预嘱。可以认为雄三先生希望尊严死……"

"那个,请等一下!"舅母突然大叫一声,从椅子上站起身。众人望向她。舅母惊慌失措,像是刚回过神来似的。

"不好意思,突然叫起来。对不起。"

"您怎么了？"

"啊，是这样的。听了刚才提到的那部电影，我突然想起了一件事。"

舅母显得有点害臊，她重新坐回椅上，开口道："其实就在上个星期，我公公在客厅看电影。呃……是叫潜水服、蝴蝶还是什么来着？"

我立刻明白了。这多半是我介绍给爷爷的那部作品。

"莫非是《潜水服梦见蝴蝶》[1]？"

"对，就是这个。"

外公聊起《深海长眠》的时候，我想到了这部电影，就把片名告诉了他。

当时，外公饶有兴趣地说："那我也看看这个吧。"

看来他真的看了。

二〇〇七年上映的法国电影《潜水服梦见蝴蝶》和《深海长眠》一样，也是由真实故事改编的电影，主人公同样因事故而瘫痪，岂止如此，全身没有知觉的程度也要严重得多。《潜水服梦见蝴蝶》的主人公只能活动左眼皮，连声音都发不出来，可以说相当接近植物人的状态。然而，这部电影的主人公却从中看到了希望。他靠左眼皮眨动的次数传达信息，以此方式与周围的人进行交流，甚至还出版了自传。

---

[1] 此处是从日文译名直译成中文。中文通常译作《潜水钟与蝴蝶》。——译者

"公公看了那部电影,好像非常感动,他说:'不管变成啥样,我都要永不放弃地活下去!'……"

"这是上个星期的事?"社工问道。

"是……是的。"

"这么看来,雄三先生可能是想法有变,又希望能延长生命了。"

原来还发生过这样的事……

可是,现在外公连眼皮都眨不了。即便如此,他还是想活下去吗?

"既然如此……"这次是舅舅开口了,"不管是以什么样的状态,我还是希望父亲能活下去。"

或许是过于激动的缘故,语至末尾,舅舅的声音有些哽咽。

"我也是。"舅母表示赞同,她的眼中似乎也噙着泪花,"我不想……就这样告别……"

舅母流下了眼泪。我再次感到外公是受人敬慕的。不光是亲生儿子,连身为儿媳的舅母也这么说。

在这气氛的带动下,我也差点要哭了。

不料,那两人的女儿却像泼冷水似的说:"真傻。这样雄爷爷不就成植物人了吗?活着还有什么意义啊?让他死不就好了吗?"

"早苗,你在说什么呀!你也受了爷爷很多照顾吧!"

舅舅拍着桌子怒吼。早苗"喊"了一声,把头扭向一旁。她的态度把我也气到了,我父母也皱起了眉头。亏得外公还那么牵挂早苗，我觉得她太过分了。

"能听我说几句吗？"此前保持沉默的医生低语道。众人齐刷刷地看向他。

"容我重复一遍，雄三先生几乎没有康复的希望。即使采取延命措施，也希望你们能对这一点心知肚明。另外，虽然有一部分费用可纳入医保，但也需要一定的医疗费和病床费……老实说，现状是很多人在这种情况下选择延命后又后悔了。"

听医生的口吻，可以清楚地听出他反对延命。

"呃……几乎没有康复的希望，也就是说可能性不是零，对吧？"舅舅顶嘴似的问道。

"呃……嗯，是这样。我们不能断言可能性为零，但是……"

"既然如此，我还是希望不要放弃，让父亲活下去。而且，听你们说话时我想到……患者的自主决定权啊，优先考虑父亲的意愿啊什么的，其实说到底我们根本没法知道父亲现在是怎么想的吧？"

"这话没错。"社工答道，"所以说，是在能够做出推断的情况下尊重患者的意愿。"

"那……既然如此，是否也该考虑一下推断有误的可能性呢？"

"您的意思是？"

"是这样的，父亲其实不希望延命我们却让他延命，和父亲其实希望延命我们却让他死去——这两种情况，也即错误地让人活着和错误地让人死去，我总觉得前者要好一些……"

"嗯……"医生沉吟了一声。

我心想这倒也是,感觉舅舅说得在理。对于一个没有意识的人,我们不可能百分之百地了解他的意愿。我确实听外公说过"让我有尊严地死去"之类的话,但舅母又听外公说"要永不放弃地活下去"。至于他最终是怎么想的,已无从知晓。如此看来,我们也许不该选择一旦实施就无可挽回的尊严死。

"原本我们不该用'哪个更好一些'来做决定……不过,我觉得这也不失为一种思路。"

社工使了个眼色,随后医生也点了点头。

"是啊。如果存在雄三先生希望延命的可能,且家属又予以理解的话,我也愿意努力让他活下去。"

"拜托了。钱的事我会想办法解决,毕竟是自己的父亲啊。"舅舅斩钉截铁地说。

如此这般,最终外公接受了安装人工呼吸器等一系列延命措施。

◆

远处传来家人的语声。

"气色也不错,总有一种马上就能醒来的感觉……"

是儿子阿茂。

"真的呢。我说阿绿,你摸摸这里。这胡子啊,一直在长呢。"

是儿媳俊子的声音。

朦胧之中有微微的触感,像是有人隔着厚厚的膜碰到了我的身体。但不知道具体是哪里被摸了。

"还真是的。爸爸毕竟还活着啊。"女儿阿绿感慨地说。

"可不是嘛。头发啊、指甲啊也都长长了。爸爸啊,就像它们一样在拼命地活着呢。"

"可是,哥哥,你真的不要紧吗?比如治疗费什么的?"

"不用操心。多亏有保险,花不了几个钱。倒是你那边,没必要勉强出钱。"

"不不,我家真的只出了一点。你说是吧?"

"嗯嗯。他毕竟也是你的父亲嘛。"

这是阿绿嫁的老公吧。

"大家都念着老爷子……公公真的很幸福啊……"俊子哽咽着说。

又是那种隐隐约约的触感。莫非是有人在用手摩挲什么地方?

"是啊,父亲是一个幸福的人。"

听到了阿茂表示赞同的话。

我心里翻卷起愤怒的火焰。

睁眼说瞎话!哪里幸福了!开什么玩笑!

明明你们这两对夫妻一点都没考虑过我的意愿!

"千鹤你看,这样不是很好吗?不搞什么尊严死,让外公就这样一直活下去。"

"……是的。"外孙女千鹤轻声说。

千鹤,你应该知道我的真实想法,可为什么……

可恶!为什么会变成这样啊!

起初我完全不知道发生了什么。

醒来后,我发现自己在一片漆黑之中。不,不是因为暗,而是因为睁不开眼睛。不光是眼皮,还有身体的所有部分。我连一根指头都动不了。岂止如此,包括手脚在内,全身都完全没有感觉。我甚至不知道自己现在身处何方,保持着怎么样的姿势。呼吸也十分艰难,想叫人,却连声音也发不出来,只能若有若无地感觉到气味和声音,这两种感知哪一种都不甚清晰,只知气味有一点刺鼻,声音是轰隆隆的,像是远处有机器在运转。此外似乎还有人的说话声,但听不真切。

脑袋渐渐迷糊起来。好困。好困。好困。强烈的睡意袭来。连气都喘不上的窒息感和入睡前的那种舒适感同时出现了。在漆黑之中,我甚至有了一种被光包围的错觉。我渐渐进入了梦乡……

然后再次醒来。还是睁不开眼睛,什么也看不见,只是没有了刚才的那种窒息感。这次有了一点点像身体感觉一样的东西,但是分辨率非常低。头、躯干、四肢全都模糊不清,好似被泡成了巨大的膨胀体。唯一能弄明白的是,自己好像正躺在某处。

怎么回事？我在哪里？

我扯过记忆之线。

我做了什么来着……对了，是钓鱼。我去有马溪谷钓虹鳟了。然后呢？我像往常一样开始钓鱼……啊，对了，对了，我滑倒了，就在我想换个钓位，步入水中的时候。我看水位稍微涨了一点，还觉得自己挺小心的。犯的错误简直是初学者水平的。

于是我就这样掉进深水区，被卷走了。如今回想起来都觉得可怕。总之很冷。我喝了很多水。感觉后脑还撞到了岩石之类的东西……咦？那后来呢？

没有记忆。记忆在那里中断了。我被溪水卷走后，发生了什么？总不至于是死了吧？这里是死后的世界吗？

我侧耳倾听。不管怎样说，如今线索稀少，有的只是这些能听到的声音。

响起了与刚才种类不同的机械声，以及"嘀、嘀、嘀"的电子音。然后是人说话的声音。距离比较远，听不太清楚，不过也许是全神贯注地听着听着就习惯了，语言的轮廓渐渐地变得清晰起来。

太好了，还活着，手术，成功——我听到了这样的话语。里面混杂着熟悉的声音。是儿子阿茂和儿媳俊子。

莫非这里是医院？

我终于意识到了。没错，那种微弱的刺激性气味是消毒水的味道。一定是有人把我救上岸，送进了医院。难道我受的伤到了必须进行手术的程度吗？不过，他们说成功了。我得救了。

家人似乎正聚集在我的围周。我想呼唤他们，却发不出声音。

"如果能恢复意识的话……"

是俊子的声音。

喂，俊子，我回来啦。我已经醒啦——无论怎么努力也发不出声音。身体依然不听使唤，哪里都动不了。明明已经醒了，可我没法告诉她我醒了。真让人抓狂。

可恶，这叫什么事啊！就像被关在身体里一样。

这么说来……我总觉得，就在最近，我好像设想过自己的身体会变成这样。对了，我看了一部叫《深海长眠》的电影，开始关注安乐死啊终结医疗什么的，在我调查的东西里面……难不成……

有一个声音道出了"难不成"之后的内容，也不知是谁在说话。

"过去我也说过一些悲观的话，但也有人曾奇迹般地从植物人状态恢复过来。既然已采取这些延命措施，我们就不要放弃希望，好好地在一旁看护吧。"

——植物人状态。

谁啊？我吗？

据说有些人即使陷入了植物人状态，也存在意识。难道我就是这样的情况？

从大家说话的内容和我目前的状态来看，不存在其他可能。

天哪！

难道我已被关进名曰"自己"的牢笼，要在孤寂的、没有昼夜更替的黑暗中度过余生吗？

不久，我从家人和医生的话里得到信息，并将其串联起来，得知自己正在靠人工呼吸器延命。原来呼吸变轻松了是这么回事。

看来是家人推断我希望延长生命，而院方也表示了尊重。

开什么玩笑！

我从来没对任何人说过这种话。而且，恰恰相反，我甚至对外孙女千鹤说过，我不想活成植物人那样，希望不要延长生命，让我有尊严地死去。

愤怒的同时，"为什么？"这个疑问也在我的脑中盘旋。不过，我在较早的阶段就知道了答案。

有一次我听到了儿子和儿媳——阿茂和俊子的对话。

"我说，老爸看了那部电影后真的说过'要永不放弃地活下去'吗？"

"这不挺好吗？反正公公要是死了我们可就麻烦了。"

"这倒也是。"

多半是觉得病房里只有他们两个，说什么都没关系吧。估计他们做梦也不会想到我正在听着。

对话很简短，但足以让我猜出真相。

竟然敢捏造事实!

所以,明知我真实想法的千鹤才会被蒙骗。

他们说到了电影,莫非是千鹤推荐我看的《潜水服梦见蝴蝶》?我确实在客厅看过那部电影。当时俊子好像也一边做家务一边有一搭无一搭地看着。影片很感人,倒也让我掉了几滴眼泪。但是,我可没说过什么"要永不放弃地活下去",反倒觉得自己会像《深海长眠》的主人公那样选择安乐死。

我在日记里应该也这么写过……对了!日记!我一直在电脑上写日记。那个日记可以说就是我的生前预嘱。

阿茂和俊子都是"机器盲",应该没能力仔细查看电脑里的内容。如果千鹤等人找到了日记,应该就能戳穿这些家伙的谎言。

这个期待刚从脑海掠过,就被击个粉碎。

"啊,对了对了,公公的电脑还是叫垃圾处理厂来回收吧。"

"行啊。电脑的东西我们搞不懂,老爸也不想随便让人看到里面的内容吧。"

"发现了什么多余的东西也不好。"

"嗯,老爸也一定会很高兴的。"

"那是。"

两人好似在辩解一般说着这些话。

说……说什么呢!开什么玩笑!谁会高兴啊!

我可不愿像现在这样什么都做不了,连钓鱼都去不成地活着!

这些家伙一点都不考虑我的意愿。就像他们自己说的,有一些隐情导致我死了他们会有麻烦。所以他们才要给我延命!真是一群人面兽心的畜生!

即便如此,能对自己的处境感到心烦意乱、感到愤怒,也许还算是好的。因为多少能分点心。

我几乎没有对日期和时间的感觉,所以也不敢确定,总之没几天——多半还不到一个星期——我就完全理解了自己的处境。无论怎么挣扎,都无法与外界取得联系。也就是说,毫无希望。

一旦明白了这一点,剩下的就只有这个"活着也什么都做不了"的肉体牢笼了。这种绝望甚至还渐渐夺走了我发怒的力气。

这里什么也没有。没有生存的意义,什么都没有。只剩下生命。

没错,是地狱。可谓"此处不是地狱,何处是地狱?"的地狱。

"还好吗?"

"相信你总有一天会醒来的。"

起初家人好像还会频繁过来探望,对我说说话。阿茂和俊子大概每天都会来。一则是离家近,二则可能也是因为多少有些负罪感。但是,很快连探望也中断了。

过了不久,只有千鹤偶尔会来看看。不,还有一个人。早苗那家伙好像也经常来。她不像千鹤那样和我说话,但我凭气味能感觉到。以前我还担心过这孙女,现在,说实话已经无所谓了。

无论是千鹤、早苗，还是其他任何人，当我感觉到人的语声或气息时，只有一个想法。

杀了我！谁来杀了我吧！求求你了！

◇

那天，我久违地去了外公住院的地方。

外公成为植物人已有两年多。我升入大学四年级后，好不容易找到了工作，过着每天都与毕业论文较劲的日子。

在日照良好的半单间病房里，外公和我上次来的时候一样躺在床上。除了人工呼吸器，身上还插着好几根管子。比如，直接往胃里输送流食的胃管、补充辅助性营养的输液管，以及导尿管等。

窗边装饰着鲜花，似在守护浑身是管的外公。这是一款以黄色扶郎花为主的插花。

据负责照看的护士说，除了没有意识和不能充分地自主呼吸外，外公的健康状况完全没有问题。

外公的脸色确实不错，甚至感觉比以前胖了一点。我用手摸了摸，暖暖的。

我想，外公毕竟是活着的。虽然不会睁开眼睛，也不会开口说话，但他的身体在顽强地活着。生命这种东西很神奇，真的很神奇。

每次来探望,我都会这么想。

可是……

另一方面,我又觉得难以释怀。

外公真的没有意识吗?会不会只是外表看着像是没有意识,其实已经醒了呢?

那是过去外公深感恐惧的事。如果真是那样……

说实话,如果是我,我觉得自己肯定无法保持理智。

但这种事根本无从确认,我只能祈祷外公睡得安详,希望有一天他会奇迹般地醒来。

突然我听到一些动静,回过头,只见一个金发女郎正站在病房门口。是早苗。她手里捧着裹在包装纸里的鲜花。是扶郎花的插花,与装饰在窗边的花颜色略有不同。

早苗面无笑容,只是瞥了我一眼,便大大咧咧地走了进来。她默默地从床前走过,去往窗边,随后手法熟练地替换了花瓶里的花。

原来真是早苗带来的。

不管什么时候来,窗边的花都是新的,我还以为一定是经常过来探望的舅母换的。当然,前几天我问过护士,得知舅母和舅舅已经很少来了。我又问那是谁换的花,答曰"是染着金发的孙女"。

我心想这怎么可能,但外公的孙辈除了我就只有早苗了,而亲戚中我估计也只有早苗会染金发。

"早苗。"我向早苗搭话,"那花是你弄的吧?"

早苗只是瞥了我一眼,不回答。她表情僵硬,难以从中看出情绪。

令人郁闷的沉默。我无法忍受,便再次开口道:"对了,呃……你当上美发师了对吧?我……我呢,也找到工作了,是一家小型代理店……"

听说今年春天早苗从专科学校毕业后,在所泽的一家美发店就职。说实话,她能顺利拿到资格证书、找到工作,也让我颇感意外。可能是开始工作的缘故,她穿着和妆容都比以前沉稳了,不良少年的气质已然淡去。那头金发反而给人一种时髦感。关于这插花也是,莫非早苗怀有什么独特的想法吗?

早苗连声附和也没有,依然表情僵硬。

"你有时间吗?我有话想跟你说。"她开口道。

我们来到医院附近的汉堡店,在靠墙的餐桌前相对而坐。早苗自作主张点了两杯咖啡。我掏钱出来她也不接,只说"不用了"。

她想跟我说什么呢?

早苗坐下后,依然不作声,搅拌着纸杯里的咖啡。过了一会儿,她把视线转向我这边,开口道:"上次你说的是真的吗?"

我不知道她指的是什么。

"嗯?呃……我说什么了?"

"你说雄爷爷不想延长生命。"

噢,原来是这个啊。

"雄爷爷"就是外公。只有早苗这么叫他。我感觉好久——简直有十年——没听到这个称呼了。

"啊,嗯,是真的。外公说如果成了植物人,就希望不要延长生命,而是有尊严地死去。可是,按舅母的说法,后来他的想法好像变了……"

不过,为什么早苗现在还来问这件事呢?

只听早苗轻轻地"喊"了一声。

"这个多半是骗人的。"

她不分青红皂白地否定我,让我心头火起。我小心翼翼地回嘴道:"这……这是真的!是外公和我一起去购物的时候说的。"

"我没说你,我是指我妈那个雄爷爷改变想法的说辞。"

"嗯?"

"她说谎了,多半是说谎了。而且爸爸还顺杆爬了。因为雄爷爷死了他们就麻烦了。"

死了就麻烦了?

"这是什么意思……是指因为是父亲,所以不想让他死?"

"才不是。是钱的问题。"

"钱?"

"对,养老金……"

早苗说,外公以前在大型贸易公司工作,可以领取所谓的

155

"三层"养老金,即国民养老金、厚生养老金、企业养老金。而且,其中的企业养老金非常丰厚,据说每月有六十万日元以上。

当然,即便成了植物人,只要活着,这些钱就会一直支付下去。据说养老金账户由舅舅他们管理。有了这么多钱,就算付完医疗费,每个月也能剩下不少吧。

总之,我对金额感到吃惊。这大概是我就职后起薪的三倍。

"其实我爸在事业不顺的时候借了很多钱,一直在靠雄爷爷的养老金还债呢。所以,如果他死了,我爸妈就麻烦了。"

我一时之间愣住了。

这么说,舅舅和舅母是为了继续领取养老金,才要延长外公的生命?亏得舅母当时还流了眼泪……

顷刻间我实在不敢相信。

"喂,早苗,等一下。你……你有证据吗?你的意思是舅母在说谎?"

早苗尴尬地摇了摇头。

"雄爷爷看电影的时候只有我妈在场。而且,这种事本来就是谁说谁有理的。"

"那……"

"可是,我觉得很奇怪。你看,雄爷爷的电脑他们连检查都不检查,就处理掉了。"

"啊?是吗?"

"是啊。如果是相信雄爷爷能康复才延续他的生命,就不会这么做了吧？"

还真是。当然，此前我满心以为这些东西都被珍而重之地保存着。

"他们会用'我们是机器盲，不太懂这个'来搪塞，其实'多余的东西'多半就是……比如说……那个是叫生前预嘱吧？我想他们害怕的是找到这类表明雄爷爷拒绝延命的证据。"

那天，我刚说外公希望有尊严地死去，舅母就像突然想起来似的，说了那件与之相悖的事。如今怀着疑念回想一下，不禁又觉得像是情急之下捏造出来的。

"我说，你跟舅母她们确认过了吗？"

"确认过好几次了。我妈坚持说她真的听到过。我爸也说什么'按老爸的性格，他一定会坚持到底，永不放弃'。简直就像说给自己听似的……这跟为了保险金杀人完全相反，是要让人活下去对吧？所以，他们也许还能自己骗自己，觉得是为了雄爷爷好。"

总觉得这与舅舅所主张的"错误地让人活着和错误地让人死去，我总觉得前者要好一些"亦有共通之处。

我感到一阵奇妙的恐惧。杀人夺财和让人活着夺财，究竟哪一种行为是更恶劣的呢？

早苗喝了口咖啡，垂下眼帘继续说道："可是，我也跟同谋犯差不多……"

"同谋犯？"

"如果雄爷爷没有延命就死了,我就不得不从专科学校退学。"

当时早苗说"让他死不就好了吗?",被舅舅吼了一句"你也受了爷爷很多照顾吧!",便不再作声。那番对话背后的意思,或许与我所想象的截然不同。

"退出田径队后,我萎靡不振,整天游手好闲。雄爷爷一直很担心我,对我说'去寻找你想做的事吧,什么都可以,我会支持你的'。其实连专科学校的学费,都是从雄爷爷的养老金里出的。"

"我和外公见面的时候,他也在担心你,说你好像总是在晚上出去玩。"

"是吗?他这么想也正常。其实是我每天都在学校里留到很晚。好吧,离校后喝完酒再回家的次数也不少。"

"那你那天接到通知后没有马上过来,是怎么回事?"

"那个嘛……是因为我害怕。虽然我已经到了医院附近,但一想到雄爷爷可能会死,就害怕得怎么也不敢进去了。我在附近的便利店买酒排解完情绪后,才终于……"

"是这样啊……"

原来是误会。

早苗明白外公的心意。她顺利地从学校毕业并找到了工作,即为明证。一定是因为外公,早苗才得以振作起来。

"可是,我……"早苗颤抖的语声中夹杂着呜咽,"我却在想,雄爷爷肯定会支持我的,我可以利用这个机会……"

我摇了摇头。

"我觉得你说得没错啊。对用自己的养老金支付早苗的学费，外公不会有任何抱怨。他一定在为你当上美发师而感到高兴。"

早苗抬起了头。她两眼红肿，泪水从眼梢流了下来。

"可是，你不是听雄爷爷说过吗？他说如果变成了那样，就想有尊严地死去。其实他不想延长生命吧？不能因为雄爷爷一直在支持我，就违背他本人的意愿，强行让他活下去，掠取他的钱，这是不对的……可是，我却……"

早苗双手掩面，哭了起来。我自然是第一次看到早苗哭成这样。

别延长生命，让我有尊严地死去——至少在事故发生的两个月前，外公应该是这么想的。

我又一次感到了恐惧。

生命真是神奇，祈祷他睡得安详——就在我一厢情愿地这么想的时候，也许外公正以一种绝非自己所愿的方式被迫活着。

也许他被关在自己所害怕的肉体牢笼中，忍受着痛苦的煎熬。

倘若真是如此，外公无法发出声音，无法表达自己的意愿，这是多么深的绝望啊。既然如此，干脆……

"千鹤啊，我……我想杀了雄爷爷。"

早苗抽着鼻子说出的这句话，正是我隐约浮上心头的想法。但是，不行！

"那……那可不行！"

"可是……"

我摇头道："那就变成杀人了。早苗要是被逮捕了，外公才真的要伤心了。"

"那我们该怎么办？"

早苗紧咬嘴唇，加重了语气。也许她快要被负罪感压垮了。

采取延命措施时，医院的社工还对今后停止措施的情况进行了说明。

据说一旦开始采取延命措施，就无法轻易停止，否则，有时主治医生还会被问罪。

可视作例外而停止措施的情况有两种：一是因患者身体状况恶化等，主治医生判断继续维持生命已对本人无益；二是新近发现了患者的生前预嘱，可推断出其本人不希望延长生命。不过，据说无论是哪种情况，都需要家属和主治医生充分沟通后再做决定。

舅舅和舅母行为可疑，而我又觉得早苗的话很有说服力。外公多半是在违背其本人意愿的情况下被迫活着。如果能证明这一点，或许就可以停止延命措施。

但是，我们缺少手段。

无法直接问外公；没有证据表明舅母的话——说外公看完电影后改变了想法——是谎言。正如早苗所言，"谁说谁有理"。

"我说，你家没有什么东西能证明外公其实不想延长生命吗？"

早苗摇了摇头。

"我都找过好多遍了……"

对啊。舅舅和舅母把电脑都处理掉了。哪儿还会有那种东西……

"啊!"突如其来的灵感使我大叫了一声。

"怎么了?"

"嗯……你等一下。"

我从包里掏出智能手机,点击屏幕。

这个能成为突破口吗?虽然不是确凿的证据,但我还是想确认一下。

我点进了可自动备份数据的云服务网站。一起去买电脑时,外公说过他正在使用这个服务。

用外公的账号登录进去,不就能看到被处理掉的电脑里的东西了吗?

这类服务的ID(用户名)是电子邮箱地址,所以我还能知道。接下来就是密码了。外公精通电脑,不可能设置容易推测的密码。不过……

我在ID栏里输入外公的电子邮箱地址,让密码栏空着,点击下面的"如果忘了密码"。于是屏幕一变,转为"秘密问题"的画面。

这是外公设置的私人问题,以备忘记密码的时候用。

没有提示的话原本不可能猜出密码,但没准我知道。

——你最宝贵的东西是?

这是外公设置的问题。

钓鱼竿、电脑、已去世的外婆的名字，我把能想到的东西依次往里填，也不知是在第几次，终于登录成功了。

答案是"早苗和千鹤"。

我激动不已。早苗多半也是如此。

结果，备份数据中真有外公的日记。我俩哭着读完了。

日记里说，在事故发生的几天前外公看了电影《潜水服梦见蝴蝶》。到这里为止，和舅母的说辞相同。但是，后面就不一样了。外公清清楚楚地写着"那个我做不到"。在其他日记里，外公也写过"万一出了什么事，我想选择有尊严地死，不要延长生命""不想过那种毫无希望、与病魔抗争的生活"之类的话。

果然是舅母情急之下撒的谎。外公希望的是有尊严地死去。

这是外公的生前预嘱。

停止对外公实施延命措施是在一个月后。

早苗拿着打印出来的日记，流着泪说服了舅舅和舅母。

"雄爷爷才不希望自己活成那样呢！你们借的钱，我也会和你们一起还的，你们就让雄爷爷轻松一点吧！"

舅母反复说"我确实听到了！""公公说他要活着，不会放弃！"，但听了舅舅的一句"算了吧，毕竟老爸挺可怜的"，她放声大哭起来。

两人为了钱让外公继续活着，其实心里都觉得很愧疚吧。如今又出现了确凿的证据,他们大概再也无法彻底欺骗自己了。

◆

我感觉到了许多人的气息。

阿茂和俊子、阿绿和她的丈夫,还有两个孙辈——早苗和千鹤。

全家人都聚在这里。此外,好像还有医生和护士。

好久没这么热闹了。真的是好久了。从我刚在这黑暗中生活开始算起,确实好久了吧?啊,从那以后也不知过了多少时间。总觉得这种情况已持续了几十年,几百年……当然,肯定没那么长。

起初我被困在动弹不得的肉体中,被"什么也做不了,只是这样活着"的绝望击垮了。每次有人来,我都希望自己去死,希望对方能杀了我……啊,连这些事都已经让人怀念起来了。

我听到了叽叽咕咕的声音。大家正说着什么。是什么呢?我侧耳倾听。

"对不起,老爸。"

是阿茂。他语声哽咽。这是在为什么道歉啊?

"对不起,公公,真的……真的太对不起了……"

是俊子。她号啕大哭,也在道歉。这是怎么了?

"哥哥,嫂子……爸爸一定会原谅你们的。你说是吧?"

阿绿在安慰阿茂和俊子？要我原谅？

"岳父，您辛苦了。"

这是阿绿的丈夫。你是在对我说"辛苦了"吗？什么意思？

"雄爷爷，谢谢你啊。多亏有雄爷爷，我才当上了美发师。现在啊，我正在所泽的美发店工作。"

会这么称呼我的人是早苗。你经常来探望我，还给我换插花对吧？我可是通过微弱的气味和动静才注意到的。原来你顺利地找到工作啦。太好了。真是太好了。如果是为了这种事花我的钱，我没意见。

早苗加了一句："真的很感谢你。请你安息吧。"

安息？这话说得就像我要死了一样……嗯？难不成……

接着，我听到了千鹤的声音。

"外公，对不起啊，我看了外公的日记。就是备份在云服务器里的那篇日记。这或许属于非法访问。不过，那个秘密问题让我很感动。外公果然还是希望有尊严地死去。我们已准确领会了外公的生前预嘱。"

至此，谜团终于解开了。千鹤那家伙发现了我的日记。然后明白了我想要的是尊严死。阿茂和俊子也承认自己捏造事实了？所以才会那样向我道歉？

啊，原来是这样。所以才打算终止延命措施……

"会不会像外公有一次说的那样，其实你是有意识的呢？之前你应该很痛苦吧？很快你就能轻松了。"

——开什么玩笑!

事到如今,你们是想杀了我吗?

的确,我曾经希望有尊严地死去,也恨过阿茂和俊子。一开始我觉得这里是地狱。面对这片"什么也做不了,只是活着"的黑暗,我唯一的感受就是绝望。没多久,我连愤怒的力气也没了,一心只想求死。

但是,情况发生了变化。

我生活在这片黑暗里,不知从何时起,被一种惬意的幸福感包围了。

朦胧的身体感觉、勉强听到的声音、闻得到的气味,仅凭这些,我就能从中感受到丰富的世界了。医院里人来人往的动静,窗外传来的风声和鸟语,时而来探望我的早苗和千鹤,多半是装饰在窗边的花的芳香。世界每时每刻都在微小地变化,充满了惊奇与发现。我开始觉得这一切都非常可爱。这是我现在的人生价值。我意识到,即使身体不能动弹、不能去钓鱼、不能与人沟通,"在这里"本身就有可能成为人生价值。

现在我甚至很感谢阿茂和俊子呢!他们不惜说谎也要延长我的生命。

我活着!确确实实地活着。即使变成了这般模样,我依然过着无可替代的人生!而且,我还想继续这样活下去!

"现在请允许我尊重患者本人的意愿,停止使用人工呼吸器。"医生的语声冰冷地响起。

喂,喂,住手!我已经不想死了!拜托了,快住手!

可恶!千鹤,谁要你多管闲事的!说来说去,日记里写的不都是我以前的想法吗。生前预嘱?这是什么东西?

人总会有一时糊涂想死的时候吧!就算是本人写的,也不能拿这个当依据杀人啊!

尊严死?死这东西有个屁的尊严!什么叫"应该很痛苦"啊?什么叫"就能轻松了"?别拿你们贫瘠的想象力胡乱下结论!

不管安上什么样的理由,你们的所作所为就是杀人!你们是杀人犯!

我听见了响动,紧接着突然感到呼吸不畅。

住……住手!住手!住手!住手!拜托了!快……快给我住手……

意……意识……渐行渐远……了。

不……不是……不是的……我……我不想死。

可恶,快……住手……我……不想……死。

你们……这帮……杀……人……犯……

◇

"他离世了。"

医生用灯光照射外公的眼球,进行了确认。

"父亲的面容那么安详……"母亲哽咽着说。

还真是的。也许是心理作用,外公的脸上似乎露出了一丝笑容。

像是在开心地说:千鹤,谢谢你啊,这样我就能轻松啦。

我的两眼溢出了温暖的泪水。

咖喱的女神

那是一个春光明媚的星期天。

住宅区的公园里，一个小男孩在踢橡皮球玩。男孩的年纪大到可以独自在外玩耍，小到光靠踢皮球就已足够快乐。

男孩追着球跑，突然被余光捕捉到的白色物体吸引。于是他又朝那个方向跑去。失去主人的皮球滚向了公园入口。

男孩发现的是一株顶端已完全变白的蒲公英。

他把变白的蒲公英连根拔起。这是小孩子的天然秉性。

"呼！"

他使劲吹气，吹飞了绒毛。

绒毛"唰"地一下子散开，飘浮在空中。男孩不由得心情大好。

恰好就在这时，刮起了猛烈的南风。

气流的微弱平衡从无数绒毛里选中了一根，将它抛向上空——比男孩的脑袋、沙坑的屋顶和行道树还高的天空。

意外地被风选中的绒毛，借助这气流踏上了以新天地为目标的旅途。他（或她？）的祖先们亦是如此一点点地扩大了栖息之地。

绒毛若长了眼睛，应该能看到下方住宅区五颜六色的屋顶。也可能会看到头顶来自南方岛屿的燕子在蔚蓝的天空展翅飞翔。

随风持续飞了一段旅程的绒毛，不久来到了郊外。随后它一边降低高度，一边像是被吸引似的钻入小径。小径两侧生长着矮小的山毛榉，绒毛一路行进，抵达尽头处的一幢小宅院的门前，落在了种有紫色花朵的花坛里。

绒毛若有鼻子，应该能闻到混合了多种香料的独特气味。

宅院由旧民宅改建而成，玄关处挂着招牌，上面用漂亮的草体字写着"CURRY SHOP VISHNU"。

绒毛若有耳朵，应该会听到"咔嗒"的门铃声。

典雅的深褐色木门开启，从里面走出来的是店长兼唯一的店员——高见泽樱子。

樱子将悬挂在铜质门把手上的牌子从"CLOSE"（关门）翻为"OPEN"（开门）。

"咖喱店·毗湿奴"今天终于开张了。她如愿以偿地拥有了自己的店。

话虽如此，现在还不到上午十点。车站前或闹市区倒也罢了，此时此刻郊外的咖喱店可不会有客人上门。

原本预定十一点半开门，但开业首日总有一种等不及的感觉，便忍不住提前了一个多小时。

第一位顾客会是什么样的人呢？

樱子回到店内，确认菜单、刀具和自助餐的作料是否已准备齐全。

目前她打算一个人经营，所以客席只设吧台，共八张座位，留出较大的空间给了里面用于准备饭菜的厨房。说实话，这样能否顺利运转，不试一下谁也不知道。

整家店也包括跟前的山毛榉小径，感觉外观和氛围都相当不错，但郊外绝对算不上有利于揽客的地段。

真会有顾客上门吗……

最近为开店准备忙得不可开交，没能做多少宣传，不过上星期日去车站前发过传单。

从刚才开始，她的心就怦怦直跳，至于期待和不安各占了百分之几，连她自己也不知道。

突然，装饰于柜台之上的花瓶映入了她的眼帘。

里面插着一朵紫色的花，与外面花坛里种的一样。这是樱子与某个女性挚友的回忆之花。

樱子能成功开店，可以说是托了她的福。

现在可不是退缩的时候，必须努力奋斗，把她的那份也带上。

樱子一边开导自己，一边走进里面的厨房，确认摆在煤气灶台上的四个圆筒。今天要拿来用的是最靠前的那筒咖喱，其余三筒还在调配中。根据樱子反复研究出来的菜谱，调配需要花三天以上的时间,所以她采取了用四个圆筒轮流调配的方法。

樱子从最靠前的圆筒里舀起一勺咖喱酱,尝了尝味道。

嗯,很好吃。肯定没问题!

她对味道很有自信。只要按这样的水准制作咖喱,应该……就会有顾客上门。

这时,门铃"咔嘟"一声响了。

来顾客了!

想到这里,她的心脏剧烈地跳动起来,扑通扑通声转为打鼓似的嘭嘭声。

哇哇哇,怎么办?不,什么怎么办啊,这可是顾客啊。必须去柜台那边。姑……姑姑姑……姑且先寒暄几句!

樱子从腹中挤出声音:"欢迎刚(光)临!"

啊!咬到舌头了!

1 VISHNU SIDE(毗湿奴面)

那是一个春光明媚的星期天。

有诗云"春眠不觉晓",但放春假的大学生没有要事是不会早起的。

那天我也一大早就躺在公寓的被窝里,沉浸在贪睡的快乐中,无所事事。

哐隆哐嘟!

代替闹钟唤醒我的是一阵夸张的响动。

什……什么声音？

我从又薄又硬、从来不叠的被子里翻身而起，环顾四周。神志渐渐清醒，我对情况已有所把握。

刚才的声音来自外面。啊，一定是自行车之类的倒了。

这个"寿庄"的公寓间带小浴室，租金便宜，只要三万多日元。相应地，装修则简陋无比，墙壁薄如白纸。两侧和正上方，以及公寓楼前的动静都能听见，其临场感不亚于5.1声道环绕声。

我就这么穿着代替睡衣的罩衫、蹬上拖鞋跑了出去。

果不其然，公寓前的车棚里，住户们的自行车一辆压一辆地倒了。

"啊噢，这下倒得可真齐整。"

听到身后有人说话，我回过头，看到了一个胡子拉碴、将长发束于脑后的身影。

原来是住在我隔壁的神林先生。他三十岁，自由职业者，据说是摇滚乐队的贝斯手。大体而言，他是一个平易近人的好人，只是品行有些问题，时常满不在乎地把女孩子带进这个几乎无隐私可言的公寓，做些让隔壁大学生感到苦闷的荒唐事。

"是风吧？"

"要么就是谁踢倒的。"

其他房间也陆续有人出来。不用说，这栋公寓里住的全是男人。而且都是大学生或自由职业者。

175

众人一一扶起倒在地上的自行车。

"啊!"

这是怎么回事?可能只有我的自行车倒得不巧。辐条都弯了。

更有甚者,刚扶起自行车,我就觉得脚下有一种软塌塌的奇妙触感。

什么东西?

抬脚一看,只见地面和鞋底粘着湿答答的东西,混合着白色、灰色和黄绿色。

是鸟粪。

"哎呀,淳平也很不走运嘛。是不是平时没行善积德啊?"神林先生一副事不关己的样子。

"要说运气的话,还是神林先生比较坏吧。"我回嘴道。

谁知神林先生却一笑置之:"哈哈,确实是这样。"

说起来,还真是倒霉透顶。

怎么说呢,拖鞋嘛,洗一下就好,可自行车就不能不修理了。虽说断一根辐条轮胎也能滚动,但这么骑车似乎挺危险的。

听神林先生说,离公寓不远的邻镇上有一家星期天也开门的自行车行,我决定把车拉到那里去。

神林先生毫无绘画才能,画出来的地图就像蚯蚓似的歪七扭八。不过,路线本身很好认,我中途没有迷路就找到了那家自行车行。

头发花白的店主大叔嘴里说着"啊,这点问题立马就能搞定",才五分钟就换好了辐条。

他露出洁白的牙齿,笑着伸出手:"嘿,大特价服务一千万日元。"

我配合着他一边付钱一边说:"一千万就行了?好便宜。"

当然,我只付了一千日元。

事实上比想象的还便宜,而且很快就修好了,真是帮了大忙。对我来说,不管是上学还是购物,自行车都是宝贵的、不可或缺的代步工具。

我骑着修好的自行车,决定稍稍绕个道回家,这一带与车站和大学的方位相反,所以之前一次都没来过。加之天气也好,我想顺便去陌生的街区走走也不赖。

结果,途中我发现有个小男孩在公园里哭。

我心想"这是怎么了",停下自行车进去一看,似乎是皮球卡在了公园沙坑的屋顶上。

"等一下,我帮你拿。"

幸好沙坑边上就有铁丝网,于是我爬上去,帮他拿到了球。

"谢谢!"男孩猛地朝我低下头。

"不客气。"

一日行一善。做完好事心情爽。

"你是一个人在玩?爸爸妈妈呢?"我随口问道。

"我没有爸爸。妈妈在工作。"

噢，是这样啊。

我还没说什么，男孩就答道："但是，我可不寂寞！"

没人在问他这个。

想必曾有形形色色的人问过他"你很寂寞吧？"，或是"你不觉得寂寞吗？"。

我非常理解男孩的心情。因为我也是这样。

"嗯，你哪儿会寂寞啊。"我用手揉乱男孩的头发，他"嘿嘿"地笑了，一副害羞的样子。

与男孩道别后，我离开公园，骑上自行车，一边沿回家的路线缓缓骑行，一边恍恍惚惚地回忆往事。

——这个咖喱里面啊，隐藏着秘密调料。谁都不知道的秘密调料。

——嘻嘻，会是什么呢？淳平，我希望有一天你能知道。

这是记忆中母亲最后说过的话。

是三岁还是四岁呢？总之，从能够想起的最久远的记忆开始，我就和母亲相依为命了。

父亲是厨师，在我出生后不久就因为事故死了。

据说，我这个只在照片上见过的父亲和母亲一起经营着一家小饭店。母亲一边打理父亲留下的店，一边把我拉扯大。

饭店与我们居住的公寓不在一处，所以母亲一大早就得去那里做准备，而我则像那个总是独自玩耍的男孩。

对我来说，一天中最期待的就是晚餐。

每天傍晚母亲都会把饭店托付给临时工，抽空过来给我做晚饭。

"今天啊，我可是使出了浑身解数。"

母亲说着，给我尝了口咖喱。这是我上小学三年级时的春天发生的事。

无论何时母亲做的菜都很好吃，其中尤以那天的咖喱为最，简直就是极品，美味程度完全是另一个层次的。

我一个劲地往嘴里扒拉，连声说："好吃！好吃！"

母亲看着开心的我，感慨万千地说："淳平喜欢吃，我好高兴。"

母亲的眼角泛着泪光。见她突然哭了，我吓了一跳。

"嗯？妈妈，你怎么了？是哪里痛吗？"

"没有，只是眼睛里进了东西。要再来一碗吗？"

"嗯！"我用力点头。当时我还是孩子，轻易相信了这种古老的搪塞方式。

我又吃了两碗，肚皮鼓得像漫画里画的那样。

母亲露出恶作剧似的笑容，对我说："这个咖喱里面啊，隐藏着秘密调料。谁都不知道的秘密调料。"

"谁都不知道的秘密调料？告诉我嘛，那是什么？"

"嘻嘻，会是什么呢？淳平，我希望有一天你能知道。"

那是母亲在我的记忆里露出的最后一个笑容，说出的最后两句话。

晚饭过后，母亲像往常一样回了饭店。我先睡下，母亲会在我睡着的时候回来——这就是我家的生活模式。

然而，那天晚上母亲没有回来。

母亲失踪了。

第二天早上起床时，家中不见母亲的身影，取而代之的是母亲的表妹希美。

希美阿姨告诉我："淳平，你母亲因为一些情况要外出旅行几天。从今天开始淳平就要住在阿姨家啦。"

然而，说是去旅行的母亲迟迟未归，唯有时间以年为单位匆匆流逝。

不久，我意识到了。

母亲去了某个地方。我被母亲抛弃了。

上初中时，希美阿姨把我母亲的"一些情况"告诉了我。

一听之下，才知道也不是什么稀罕事。母亲欠了一大笔债，独自一人远走高飞了，据说，背上这笔债是因为被信任的临时工骗去当担保人了。

希美阿姨事先也不知情。那天早上，后来销声匿迹的母亲给她打电话说明缘由，并恳求道："就拜托你照顾一下淳平吧。"

据说希美阿姨还去饭店看了看情况，发现连冰箱都被收拾得干干净净，整家店简直就是一个空壳。

最后希美阿姨这样说道："说实话，我不认为你母亲做出了最佳选择。债务的事也是，我很希望当时她在逃跑前来找我商量。但是你要明白，你母亲绝对不是因为讨厌你才抛弃你的。她是以自己的方式在保护你，才做出了那样的事。"

这时，我明白了母亲那天为何流泪。那碗咖喱是所谓的饯别礼。

仔细想想，如此袒护母亲的希美阿姨大概也是善人，或曰老好人。

希美阿姨待我如真正的家人，还供我上了大学。我无论怎么感谢她都不为过。

眼下，我最重要的任务是长大成人，报答希美阿姨。

另一方面，对于连是生是死都不清楚的母亲，我不知道自己该憎恨她，还是该原谅她。

希美阿姨都那么说了，而母亲在和我分离前哭泣也是事实。然而，她真的是为了保护我才一个人销声匿迹的吗？

把麻烦的孩子托付给表妹，独自一人开启无拘无束的第二人生——难道她不曾有过这样的心思吗？

我心里起了疙瘩。

说到底，是我缺乏自信。我不确定母亲是否真的爱我。

只是，如果母亲还活着，我倒是想见她一面，然后希望能再次吃到那样的咖喱。

在那之后，希美阿姨家做过好几次咖喱，而我在餐厅或咖喱店也尝过无数次各种各样的咖喱，但至今都没遇上那么好吃的咖喱。

　　母亲说那咖喱使用了"谁都不知道的秘密调料",又说"希望有一天你能知道"。

　　希望我知道谁都不知道的东西——仔细想想,母亲倒像是出了一个谜语。这里面含有什么深意吗?

　　正想着这些事呢,一股调料的香味适时撩动了我的鼻腔。
　　我停下了蹬踏板的脚。
　　确实是咖喱的味道。
　　马路深处有一条被山毛榉环绕的小径,其尽头可见一幢小宅院。味道好像是从那里飘来的。
　　小径的入口处,一块立式招牌翻倒在地,也许是被风刮倒的。我从自行车上下来,将它扶起。
　　招牌上以漂亮的字体写着"咖喱店·毗湿奴"。
　　啊,是咖喱店。
　　肚子突然饿了。说起来,从早上到现在我还什么都没吃呢。
　　心里想着咖喱的时候,鼻子闻到了咖喱的味道。于是,现在我的心思已完全放在了咖喱上。
　　离中午尚有一段时间,店内可能还在准备,但不妨进去瞧一眼。
　　我推着自行车进入了小径。
　　位于尽头的这家店大概属于现代复古风格,设计上既保留了老式风情，同时又充满了现代式的高雅，与"位于山毛榉小径尽头"的布局也相得益彰，极具氛围。

玄关旁有一座用砖块围起的花坛，里面种着紫色的花。很遗憾，我不知道那是什么花，总之非常漂亮。

深褐色大门的顶部挂着招牌，上面用漂亮的草体字写着"CURRY SHOP VISHNU"。越靠近，调料的香味就越浓烈。

门把手上挂着写有"OPEN"的牌子。

看来已经营业了。

很好，就在这里吃饭吧。今天我要靠吃咖喱把早餐兼午餐对付过去。

我打开店门。

随着门铃"咔嘟"一声响，浓得呛人的咖喱味扑面而来。

店里小得一眼就能望到边，似乎只设了吧台。不料，店内人影皆无。

咦，一个人也没有吗？

我正想着，只听柜台里处的门帘后传来了一个尖细的声音。

"欢迎刚（光）临！"

啊，这人咬到舌头了。

数秒钟后，一个系着金黄色大号围裙、身材娇小的女人钻过门帘，突然出现在我的眼前。

她年纪二十多岁，可能与我相差不大。及肩的头发扎成了马尾辫。

"请问……您是……顾客吧?"女人问道,一副提心吊胆的样子。

"嗯,那个……我……我……我是。"我答得有些狼狈。

毕竟对方……怎么说呢,很可爱,或者说是很漂亮吧,属于那种男人只是看着她就会感到幸福的类型。

描画出美丽曲线的眉毛、杏仁形的漂亮眼睛、挺拔的鼻梁、泛着淡粉色的柔软脸颊、如果冻一般富有弹性的嘴唇,以绝妙的比例安置在她那张小脸上。

"哇,太好了。其实我们店今天刚开张,您是第一位顾客。"

女人嫣然一笑,笑容如盛开的花朵一样明媚。我想,店名里的"毗湿奴"大概是印度神明的名字,而眼前的人简直就是女神。

"啊,是……是吗?呃……我很荣幸。"

"来,请坐吧。"

"好……好的。"

我这才意识到自己正呆呆地站在门口,便挑选吧台最里处的椅子坐了下来。

吧台上摆着菜单和一个小小的玻璃花瓶。花瓶里插着一朵门外花坛里盛开的紫花。

"请慢用。"女人倒了一杯冰水,隔着吧台递过来。

"啊,多……多谢。"我接过玻璃杯。

她多大了?叫什么名字啊?

可是,突然打听这种事毕竟是太奇怪了吧。

正这么想着,我突然看到收银台旁边的墙上贴着这家店的营业执照,姓名一栏里写着"高见泽樱子"。这就是她的名字吗?

为了确认,我问道:"请……请问,这家店是你一个人在打理吗?"

"是的。不知道会有多少顾客来,而且我也想一个人先努力做做看。"

既然是一个人经营,取得营业执照的必是她本人了。果然她就叫高见泽樱子。我确信了。

我冷不防隔着吧台与樱子小姐四目相对。樱子小姐爽朗地朝我微笑。我趁机暗呼她的名字"樱子",心头一阵慌乱,急忙移开视线,浏览了一遍吧台上的菜单。

这里的做法似乎是在最基本的咖喱里加入个人喜欢的配料。我姑且选择最基础的猪肉咖喱,点了份大分量的。

"大分量的猪肉咖喱是吧?我知道了。"

樱子钻进了里面的门帘。想必厨房是在那里。

没多久,樱子小姐双手捧着大号咖喱盘出来了。

"让您久等了,请……请慢用。"

樱子递出盘子的手有些颤抖。

"哈哈,因为是第一次请顾客用餐,有点紧张。"说着,她害羞地笑起来。

对啊,可不是嘛。我是这里的第一个顾客。

"那就请你多多留心了。"

心态变得有些奇妙了。我用勺子舀起咖喱。

饭是黄色的，多半是藏红花米饭，上面浇着略显红色的咖喱酱。看店名还以为是印式咖喱店，但咖喱酱带有的浓稠感却是欧式或日式的。

吃下第一口的一瞬间。

咦？

这味道敲开了我的记忆大门。

啊！不会吧？

我又吃了一口，这次是慢慢地品尝。

没错，就是这个味道！

和母亲做的咖喱一模一样。

我一时之间愣住了，注视着咖喱盘中黄色米饭的"岛"和红褐色咖喱酱的"海"。

"您怎么了？是不合您的口味吗？"

我抬起头，只见樱子小姐一脸担忧地打量着我。

莫非她就是母亲？

不不不。就算整过容，年龄和长相也差得太多了。再怎么说都不可能。

"请问，这个咖喱的配方，你是从哪里学来的？"我忍不住问道。

"嗯？"樱子小姐皱起了眉头。

"啊，对不起。我吃过和这个一模一样的咖喱。"

"一模一样吗?"樱子小姐似乎吃了一惊。

"是的。"

我又舀了一口酱汁含在嘴里,确认味道。

果然是同样的味道。

樱子歪着头说道:"这个是我用独创的配方做的……您是在哪里吃到的?"

"这……这个,是这样的……"

我横下心,决定说出母亲做咖喱的事。

也许樱子小姐和母亲之间存在着某种联系。

在我讲述的时候,樱子小姐始终一脸认真地听着。

"而这个咖喱和那天母亲给我做的咖喱一模一样。"

"原来如此,是这么回事啊。"

樱子小姐垂下视线,似乎在思考什么。短暂的沉默降临了。

不久,樱子小姐忽然抬起头:"您认为咖喱是哪个国家的料理?"

这个唐突的问题让我有些不知所措,但我还是答道:"难道不是印度的吗?"

所以,这家店的名字不也取自印度的神明吗?

"起源确实是。但印度并不存在咖喱这种料理。"

"嗯?是这样吗?"

"是的。确实,印度人会在日常生活里吃一种使用香料的炖菜,很像我们称之为咖喱的东西。但是,主原料是豆类的话,就叫"达尔";是叶菜类的话,就叫"萨格";如果是用酸奶或椰奶做成的奶油类食品,就叫"科尔马"。如此这般,根据形态不同,通常会将其视作不同的料理。对了,就像我们日本人把'味噌汤'和'高汤'视作不同的料理一样。"

"原来如此。"

原来印度没有咖喱啊。咦?那咖喱是哪儿的料理呢?

樱子小姐仿佛是在回答我的疑问,继续说道:"关于'咖喱'一词的语源,比较权威的说法是它来自南印度的泰米尔语中的'kari'。'kari'并非指某种特定的料理,而是'吃饭'啊'酱汁'之类的意思。这个词在大航海时代传到欧洲,变身为'curry',特指印度风格的香料或酱汁。到了江户时代末期,各式各样的西洋料理随着日本开国传入日本后,人们研制了新的料理,把由印式香料调过味的酱汁浇在米饭上吃,这个被称为'咖喱饭'或'咖喱'。因此,或许可以说咖喱是一种源自印度,经由欧洲传入的日本料理。"

我深感佩服,不由得"噢"了一声。

我完全没听说过。

但是,这番说明和母亲的咖喱有什么关系吗?

樱子小姐的话还没完。

"走过半个地球而诞生的咖喱,之后又完成了独有的进化,比如在酱汁里加入小麦粉勾芡、加入各种配料等等。此外还诞生了咖喱面包、咖喱乌冬面之类的派生料理。最近,模仿发祥地印度，不用饭而是用馕蘸着吃的也不稀奇了。咖喱这种东西除了都使用香料外，并无明确的定义，说它有多少人做就有多少种也不为过。倒不如说，这种高度自由才是咖喱的本质。"

樱子小姐在此处停顿下来。

我等待后续，不料樱子小姐根本没有说下去的打算。

咦？

"那个……为什么会和我母亲做的咖喱味道一样呢？"

听我这么一问，樱子小姐"啊"的一声用手捂住了嘴。

"对啊……不好意思，我这个人啊，一不留神就会起劲地聊咖喱的事。"

我险些厥倒。

这个人真是挺天然呆的。不，还是很迷人的。

"不过，我刚才说的也并非全无关系。"

樱子小姐可爱地痰嗽一声后，再次开口道："正如我所说的那样，咖喱是一种高度自由的料理，有多少人做就有多少种。光是香料的组合就有无限的变化。如果用的是市面上卖的咖喱粉倒也罢了，店里的那种使用独家配方的咖喱，基本不可能存在味道碰巧一样的情况。"

"不会碰巧一样？"

"对，没错。"

也就是说，味道一样并非出于偶然。

"那么，你是在什么地方遇见过我母亲？"

然而，樱子小姐摇了摇头。

"不，这个咖喱的配方是我自己想出来的。既没有参考菜谱，也没人教过我或是给过我建议。"

"嗯？可是，刚才你说不会碰巧一样的。"

"是的。所以，这个咖喱的味道应该和您母亲做的不一样。"

"不，味道真的一样啊！"我有些生气地争辩道。

毕竟这个味道确实和记忆中母亲做的咖喱一样。

樱子小姐面露温柔的笑容，开导似的对我说："我想那不是一样，而是你对味道的印象比较接近。"

"印象？"

"是的。原本人类对味道的记忆就很模糊，没有可供比较和验证的数字和形式。更何况，您吃您母亲做的咖喱是在十多年前吧？您自以为记得那味道，但其实记忆已相当模糊了吧？"

听她这么一说，我立马没了自信。要说印象的话，也许真是如此。但是……

"之前我吃过各种各样的咖喱，但直到今天才第一次觉得味道一样。"

樱子小姐点点头。

"我明白。重点就在这里。我想，恐怕是因为我做的咖喱和您母亲做的咖喱具备其他咖喱所没有的共性。就算味道不可能完全一致，但具备某种共性而导致印象重合也完全有可能。然后，我认为这共性恐怕……"樱子小姐在此处暂停，浅浅一笑后说道，

"就是所谓的谁都不知道的秘密调料。"

"你说什么?"

"其实,我在咖喱里放了一种普通咖喱不常用的调料。您母亲应该也用了同样的调料吧。"

所以才产生了味道相同的印象。加之记忆久远,便感觉味道是完全一样的……果真如此吗?

这一点我自然是要问个清楚的。

"请问……你说的那个秘密调料到底是什么啊?"

"嘻嘻,您母亲通过一个小小的文字游戏,已经给过您提示啦。"

文字游戏?

"我们用的秘密调料就是这个。"

樱子小姐忽然伸手从吧台的花瓶里抽出那朵花,举到面前。

"花?"

"没错。当然,不是直接用,而是把它煮透后熬出来的精华放入咖喱酱。这么一来,咖喱就多了一种独特的味道。没想到除了我以外还有人发现了这种做法,倒是让我小小地吃了一惊。对了,你知道这花的名字吗?"

"し……し……"我摇摇头。

"しらん[1]是吗?"樱子小姐确认似的问道。

---

[1] 日语中,"不知道"可以说成"しらない"或"しらん",但通常会说成"しらない"。——译者

不说"しらない"而是说"しらん",这让我觉得有点奇怪,但我还是点头说了声"是"。

樱子小姐把花横向地拿在手里,正对着我笑道:"回答正确。"

"啊?"

"我是说花名回答正确。しらん,汉字写成'紫兰',紫色的兰花。"

"紫兰,しらん,不知道。"

我在嘴里重复着这几个词。文字游戏。是"谁都不知道"这个意思吗?

"您母亲是在您还小的时候离开的吧?如果是这样,那她可能是打算出个谜语才这么说的。"

"原来是这样……"我苦笑起来,"就不能更浅显易懂地告诉我吗?"

如果是普通的咖喱调料也就罢了,但紫兰这种东西,弄不好一辈子都可能碰不到。

"我感觉您母亲一定是想让您在偶然之中猜出谜语,看您能不能找到秘密调料,进而发现隐藏在其中的信息……"樱子小姐微微垂下眼帘,说道。

"信息?"

"您母亲不是说了吗,希望您有一天能知道这个秘密调料。"

"啊,没错。"

"我想她一定是指希望您能知道这条信息。"

此话怎讲？

见我一脸茫然，樱子继续说道："是花语。紫兰的花语是'不会忘记你'。"

花语。我不会忘记你。这是母亲留给我的信息？

"想必您母亲并不愿意和您分离。但是，为了保护您，她只能这么做。她想不出其他办法。但她希望至少能把'我不会忘记你'这个心意传达给您。可是她又觉得，一声不吭地走了，却给您留下这样的话，未免太过讨巧，于是就采取了这种方式，希望您在偶然之中猜出谜语，希望有一天您能知道吧。"

樱子停顿片刻后，用极为温柔的语声说道："您母亲很爱您，真的。"

眼前这张漂亮的脸已然模糊，我完全看不清了。

2　SIVA SIDE（湿婆面）

——都是迫不得已编造出来的谎话，不过好像算是糊弄成功了。

那是一个春光明媚的星期天。

我的心里燃烧着一团黑色火焰，与这天气截然不同。

我要杀了那个贱女人！

我一只手拿着广告单，在住宅区内疾行。

从一幢破旧公寓前走过时，突然有东西从天而降，掉在了我眼前，掉在了行进方向前短短几厘米开外的地面上。

是鸟粪。

抬头望去，一个尾部开裂、轮廓独特的影子在蓝天中滑翔，大概是燕子吧。

稍有差池，就该直接命中我了。

好危险！

我本来就情绪不佳，此时不由得心头火起，照着眼前停在公寓车棚里的自行车狠狠地踢了一脚。

哐隆哐啷！

自行车发出巨响，一辆接着一辆整齐地倒在地上。

感觉心里舒坦了一些。

要是住户出来查看可就麻烦了，我快步离开了现场。

不一会儿，我看到了一座小公园。有个小鬼在一个人玩球。我讨厌小鬼，所以一见到这种情景就会想，要是这小鬼被哪个变态袭击就好了。

小鬼好像发现了蒲公英，注意力被吸引过去了。他把球猛地一扔，跑了过去。

从公园门前走过时，球恰好滚到了公园入口附近。小鬼沉迷于吹蒲公英的绒毛，没有注意到。

我抓起球，扔到沙坑的屋顶上。球顺利地、悄无声息地、完美地卡在了屋顶上。小鬼却正悠闲地望着飘向天空的绒毛。

目睹小鬼发现后号啕大哭也是一种乐趣，但现在不是做这种事的时候。

我赶紧往前走。

不久，我来到了位于市郊的那个地方。

马路深处有一条山毛榉小径。入口处立着一块招牌，上面写着"前方是咖喱店·毗湿奴"。

什么咖喱店啊！浑蛋！

我狠狠地踢开招牌。招牌重重地翻倒在地。

广告单上写今天上午十一点半开门。现在还不到十点，但人应该已经在店里了吧。

你就洗干净脖子等着吧！

我走上了山毛榉小径。

尽头的小店一望便知是由旧民居改造而成的。有效利用复古风格的外观，以及山毛榉小径尽头这一位置设计，完全就是那贱女人的手笔，看着生气。简直可以想象她还会说一句"你看，很时尚吧"。

木门的颜色如同便秘时拉出来的屎一般。门上挂有一块招牌，上面写着"CURRY SHOP VISHNU"。用的是只求设计感却难以分辨的草体字。

真的，看什么都不顺眼。最让我生气的是店前的花坛里种的花。

似曾相识……或者说是不想看到第二次的花。

紫兰——花语是"不会忘记你"。

那个贱女人！绝对不能饶恕！

我猛然打开店门。

门铃"咔嘟"一声响了。

狭小的店内仅设吧台，不见人影。吧台上有一个小花瓶，里面也插着紫兰。啊，真可恶。可以看到里面挂着门帘。肯定是厨房吧，你在那里吗？

这时，门帘里传出一个尖细的声音。

"欢迎刚（光）临！"

咬到舌头了。

不过，没错，是那家伙的声音！

以为来的是第一个顾客，紧张得失了体统吗？

不出所料，贱女人——高见泽樱子露面了。

"咦?！"

贱女人发现是我，脸色一变。

"你……你怎么……"贱女人愣住了。

"一半是碰巧，另一半是你自己告诉我的！"

我把广告单举到贱女人的面前。

"我老家可就在这附近。上个星期天，你不是在车站前发了这个吗？被我碰巧看到了。我在车站的厕所里卸好妆，顶着素颜从你面前经过，收下了这个。"

"什么？不……不会吧……我完全没……"

我放声大笑。

"完全没注意到？那是当然。毕竟你还没见过我的素颜吧？不是我自夸，我靠化妆几乎能变成另一个人。"

我肆无忌惮地绕过吧台，走近贱女人。

"等……等……等一下。你能不能冷静一点？"

贱女人脸色苍白，步步后退，逃也似的往厨房退去。

我冷静得了吗！

我和这个贱女人是在同一家店打工的酒吧小姐。在音乐和艺人方面兴趣相投，一度关系良好，称得上挚友（现在我只觉得后悔）。

有一天这家伙找我谈投资的事，说"绝对能赚大钱"。愚蠢的我信以为真，掏光了储蓄，顺手又借了笔债，凑出五百万日元给了这家伙，然后这家伙干净利落地卷款走人了。

这家伙携款潜逃前，在店里的更衣室里给我留了一束花，还郑重其事地附了一段耍人的话："这花叫紫兰。花语是'不会忘记你'。我也不会忘记你。谢谢。再见了。"

对了，这家伙好像说过，她想拥有一家自己的店。原来我的五百万是这家狗屁时髦店的启动资金啊。这个浑蛋！

我暴跳如雷，扑向步步后退的贱女人，把她摁倒在厨房的地板上，顺势骑上了她的身子。

"住手！救命啊！"贱女人大喊大叫。

我毫不在意，跨坐在她身上，挥拳击向她的脸。"啪"的一声,贱女人的鼻子烂了,鼻血喷涌而出。

贱女人发出"呜哇呜哇"的声音,活像一只被压扁的青蛙。啊,痛快!我没命地狠揍贱女人。打一次溅一次血,打一次贱女人就大叫一声。我心情愉快起来,好似在演奏乐器。突然,我的眼角捕捉到了烹饪台上的大型切肉刀。用那个的话,可能会发出更美妙的声音。我暂时放开贱女人。大概是揍得太狠,贱女人没能马上站起来,手脚微微地抽搐着。我拿起了切肉刀。

"呜哇……"贱女人惊叫一声,连滚带爬地想逃走。我朝着她的脑门使劲挥下切肉刀。"咔嚓"一声,刀刃嵌进了贱女人的头盖骨,令人舒爽的反作用力传向了我的手臂。

"啊!"贱女人发出短促的惨叫声。

回过神时,我的眼前已是一片血海,摊满了贱女人的碎肉片。

天哪!

我这是怎么了,脑子一热竟然犯下了血腥的杀人碎尸案。好吧,其实从一开始我就是抱着杀人的想法来的。

从兴奋状态中恢复过来后,我发现周围弥漫着扑鼻的恶臭,里面混杂着贱女人的血和内脏发出的腥味。幸好是在厨房,我得以用水管把血和体液冲洗干净。接着我打开换气扇,到处播撒摆在架子上的香料。感觉勉强能靠浓烈的香料味中和一下。

我把贱女人穿的衣服扔进角落的垃圾桶。剩下的骨头和肉片该怎么处理呢……这么想着,我的目光落向了煤气灶台上的四个大圆筒。里面煮着贱女人做的咖喱。

好嘞,就煮进这里面去吧。

能成为自己做的咖喱的一部分,想来也是这家伙的夙愿吧。

厨房的角落有洗面台,我在那里清洗了溅在脸上和手上的血。化的妆也一起被洗掉了。自己说自己未免别扭,但这张素颜还是太吓人。

我从手包里取出化妆包,重化了一次妆。

描画出拥有美丽曲线的眉毛;凭借画眼影和涂睫毛膏的高超手段,把眼睛画成大了一半的杏仁眼;给脸颊刷上淡淡的红色,用唇彩勾勒出粉嘟嘟的嘴唇;发型乱了,但我没带发胶,所以姑且在脑后扎了个马尾辫。大多数男人看到映在镜子里的这张脸,都会认定我很"可爱"、是一个"美女"吧。

嗯。这样就行了。不需要久留,赶紧开溜吧。

正这么想着,只听门铃"咔嘟"一声响了。

糟糕!

仔细想想,这里是咖喱店,自然会有顾客来。我完全忘了这个事。

我自己都觉得自己蠢。刚才把店门口的牌子翻个个儿就好了。

总之,必须糊弄过去。

好在香料的味道能掩盖血腥气。不妨先装成店里的人(也就是那个可恶的贱女人)吧。

"欢迎刚(光)临!"

本想打个招呼，由于太过心神不定，咬到了自己的舌头。

算了。对了，那家伙也咬到舌头了。总之，必须出去了——正要往吧台走的时候，我发现身上的罩衫沾有血迹。

这可不妙。我穿上了放在厨房角落里的金黄色围裙。

尺寸适合那个贱女人，对我来说有点大，不过倒也正合适，围裙挡住了所有溅到血的部分。

我战战兢兢地从厨房前往吧台。

那里有个一脸呆相的年轻男子。

"请问……您是……顾客吧？"

听我这么一问，男人慌乱地答道："嗯，那个……我……我……我是。"

我立刻反应过来。嗯，这家伙不光是外表蠢，内心也蠢。

我有过多次经验，这种蠢货对美女完全没有抵抗力，多半会搞出一见钟情之类的戏码。不错，这下就好办了。

"哇，太好了。其实我们店今天刚开张，您是第一位顾客。"

我扬起嘴角，露出一剑封喉的笑容。这笑容经过了我的精密计算。

看看蠢货的脸，就能立刻明白我已大获成功。

现在，这家伙一定会觉得"眼前的人简直就是女神"。

为了不破坏这一形象，我竭尽全力地扮演令人感觉舒适的女神系美女店长。

到这里为止，干得还算不错……

那个蠢货按自然流程点了咖喱。说是要大分量的猪肉咖喱。不，现在店里有的无一不是"贱女人咖喱"。

哎呀，管不了那么多了！也只能让他吃了。

我来到厨房，把融入贱女人的咖喱盛进盘子，回来后隔着吧台递给了蠢货。

"让您久等了，请……请慢用。"

递出盘子的时候，手还是抖了。

"哈哈，因为是第一次请顾客用餐，有点紧张。"我搪塞道。

"那就请你多多留心了。"一脸色眯眯的蠢货毫不怀疑，嘴上说着莫名其妙的话，尝了一口咖喱。

怎……怎么样？

完全想不出会是什么味道。

蠢货吃了少许咖喱后，呆呆地盯着盘子。

难不成你发现了什么？

"您怎么了？是不合您的口味吗？"我小心翼翼地问道。

蠢货回了我一个奇妙的问题："请问，这个咖喱的配方，你是从哪里学来的？"

"嗯？"

"啊，对不起。我吃过和这个一模一样的咖喱。"

"一模一样吗？"

"是的。"

真的假的！

我吓得腿都软了。

详细询问后才知道，原来是他失踪的母亲最后给他吃的咖喱。

"而这个咖喱和那天母亲给我做的咖喱一模一样。"

"原来如此，是这么回事啊。"

现在我知道这个蠢货的母亲消失的真正原因了。顺带着也知道了，所谓欺骗他母亲的临时工后来怎么样了。

"谁都不知道的秘密调料"云云，其实就是字面上的意思吧——不能让任何人知道。

好了，我该怎么办？

咖喱的味道碰巧一样是很可疑的事。对方要是胡乱猜疑，我也不好办。总之，我得编造一个能让那蠢货接受的故事，哪怕只骗得了一时……糟糕，什么都想不出来。

好吧，姑且一试。

"您认为咖喱是哪个国家的料理？"

我搬出咖喱的知识，以此来填补空白时间。这是很久以前我在漫画咖啡店从一口气读完的美食漫画里学来的。

我以为印度没有咖喱这种料理已是广为人知的事，但蠢货似乎不知道，只是深表佩服地听着。

我一边说，一边绞尽脑汁地思考。

该怎么解释味道一样的事实呢……

突然，吧台的花瓶里插着的花映入了我的眼帘。紫兰，しらん。花语是"不会忘记你"……好，就用这个！

在谈资堪堪用尽之前,我终于想到了一个好主意。

"……倒不如说,这种高度自由才是咖喱的本质。"

我在此处停顿下来。

"那个……为什么会和我母亲做的咖喱味道一样呢?"蠢货问道。

我"啊"的一声用手捂住嘴,装出一提起咖喱就会沉迷于其中的天然呆状。

蠢货一副快要厥倒的样子,脸上却写着"不,还是很迷人的"。

你啊,真是个蠢货。好吧,这么容易对付倒也省事了。

*

"您母亲很爱您,真的。"

蠢货彻底相信了我编造的"美好故事",眼泪开始扑簌簌地往下掉。好像算是糊弄成功了。

说起来……

这个蠢货的母亲也真是厉害。

把这种咖喱当饯别礼给儿子吃,甚至还流下眼泪,煞有介事地说什么"希望有一天你能知道",真是够恶心的,或者说是脑子有病吧。虽然这话由我来说不太合适。

不知为何,我觉得心里暖暖的。

政治正确的警察小说

♥

对方指定的店是不是洽谈圣地？没人知道。但无论什么时候去，至少会有一组出版界人士在里面开小会。此处是新宿的一家咖啡店——牡丹屋咖啡店新宿茶寮。在店里等我的一个过于张扬的美女，感觉得把爱染恭子、黑木香和林由美香[1]相乘——而不是相加再除以三——才够得上她的级别。

我一进店，坐在里面禁烟席上的她就站起身来，用嘹亮的女高音喊道："嘿！奶子！拉丝！"

所谓目瞪口呆就是这个意思吧。我呆呆地站在店门口。其他顾客也吃了一惊，齐刷刷地转头看她。九成左右的座位都已坐满，想来店内本是一片嘈杂，如今则像愣了一下神似的，陷入了短暂的沉默。"咣当"一声响打破了沉寂，紧接着传来了一个女

---

[1]三人均为二十世纪八九十年代著名的日本成人片女星，走的是性感张扬的路线。——译者

孩的声音："哇！对……对不起！"

看来是端着酒杯的女招待一个没忍住，打翻了托盘。这也难怪。

当时我还不知道约定见面的人是她，只是心想：哇，这里有个奇怪的女人，好可怕啊，要不换一家店吧。

然而，很快我就发现了一个极其讨厌的事实。通过事先的邮件交流，我知道对方名叫"鹤子"。根据名字，差不多可以断言这是一位女性。但是，放眼望去，店内尽是男性顾客。女性则只有用拖把擦地的女招待和这个"奇怪的女人"。而且，此人还满面笑容地在凝视我呢。

不……不会就是她吧……

她对惶恐不安的我招招手，又叫了起来："嘿！南子！拉！"

哈？

"海南子老师！"

噢，噢噢，原来是这么回事啊。

听了这第三声咆哮我才意识到，她是在叫我。由于音量太大，所以声音变得模糊了，乍一听像是虎狼之词。

话虽如此……

我感受着周围的视线，快步走向她所在的禁烟席。

"你……你好，我是海南子。"

"初次见面，请多多关照！"

明明就在眼前，她却丝毫没有放低音量的意思。

"声……声音有点大了。"

"哇,对不起。"她举双手捂着嘴,耸了耸肩,"能见到海南子老师,我激动坏了。"

"呃……"

好吧,这个行业确实怪人多。

"今天承蒙您大老远跑来,真是非常感谢!我叫郭公鹤子!"

她边说边从手提包里取出名片,用双手递了过来。

名片上只是简单地印着头衔"编辑"、联系方式和名字"郭公鹤子"。

突然,桌上的一个插着吸管的玻璃杯映入了我的眼帘。我想这应该是她点的果汁,只是那颜色颇为奇妙,难以言喻,硬要说的话是桑葚色的。

我——海南子安艺,是一名小说家。虽然已年近四十,但在文坛尚属新人。

我从小就喜爱读书,不知从何时起——大概是初中吧,就模模糊糊地产生了将来要当小说家的想法。

正式开始写小说是在上大学之后。在校期间,我只给公开征集的新人奖投过一次稿,但别说获奖了,连入围的机会都没捞到就落选了。结果,我普普通通地从学校毕业后,找了份工作。

话虽如此,想成为小说家这个梦想始终萦绕在我的内心深处。我一边上班,一边在休息日孜孜不倦地创作小说,不断地给新人奖投稿，却怎么也出不了头。不过，现实生活倒是顺顺当当，二十九岁时结婚，第二年有了女儿，第三年有了儿子，如今已是两个孩子的父亲。在公司里我也升上了主任的位子，贷款买了房子。

渐渐地，相比梦想，小说更像是我的兴趣爱好了。

想当小说家的心思还在，但兜兜转转投了十年稿，一次都没中，所以可能确实是没有才华。经济长期不景气，据说出版界也是举步维艰。就算真的当上了小说家，能不能养家糊口还是个未知数呢。

是时候结束了吧——抱着这样的想法，我决定最后写一本书。此书可视为我本人的集大成作。过去我在工作之余搞创作，写了一大堆不用怎么查资料就能写成的轻小说。但是，对于最后一部作品，我决定静下心来，花点时间，全力写出一部揭露社会问题的厚重之作。体裁采用有命案发生的推理小说，因此属于人们常说的"社会派推理小说"。

本来我就极为关注各种社会问题，看新闻节目时会出声指责电视里的评论员，说"这个不对！"；在酒桌上会对政治或社会问题大发宏论，常令小年轻们望而生畏。总之，我这个人思想觉悟很高。所以，既然是最后一作，我就想鼓足干劲写出一部思想觉悟更高的小说。

这都不行的话，我就打算彻底放弃当小说家的梦想了。

不料……

这部作品写得意外地好。大概是社会派的风格特别适合我吧，我的文字饱含热情，气势磅礴。即使是重读完成的原稿，我都觉得这思想觉悟之高简直迷死人了，和摆在书店里的职业作家的作品相比也毫不逊色。不，岂止如此，我甚至觉得这水准在职业作家里也排得上号。

创作时我抱着这是最后一作的念头，没准只是这种强烈的情结让我放低了自我评判的标准，只是自己觉得还不错而已。不过，我确实也付出了一切，没法写得更好了。如果落选，也就能死心了——我怀着这样的想法去给新人奖投稿，结果竟然获奖了。而且，据说是全票通过。担任评委的名家们赞不绝口，异口同声地说："思想觉悟高！""杰作！"

原来不是错觉。原来就像我自己感觉的那样，我写得很棒。

我拿到的奖金与当时的年收入基本相同；获奖作品则作为出道作得以正式出版。

我名正言顺地成了职业小说家。

这部出道作也给读者大众带来了一定的冲击，再版了一次又一次。如今出版界的不景气已然常态化，业内给予新人的机会并不平等，会向深受瞩目的作者集中。而我则接到了十多家出版社的约稿函。

我的心情就跟挖到黄金的杜子春一样。不管怎么说，拜奖金和出道作的版税所赐，我存下了不少钱，工作机会也多得"冒泡"，看来光靠稿费就能把贷款和生活费对付过去。当小说家是我儿时的梦想。可以的话,我很想辞去工作,成为一名全职小说家。

当然,这事不能由我一个人做主,所以我找妻子商量了一下。

以前也是因为害羞,我从未让妻子读过我的作品。不料,读完我的出道作后,她惊讶地表示"我竟然和这么有才华的人结婚了",感动得不得了,还怂恿我说:"都能写出这样的作品了,应该去当作家!"

此后的数年间,从某种意义上说,我的作家生涯可谓一帆风顺。作品风格不变,始终是社会派推理小说,始终以思想觉悟高为卖点。每部作品都能稳定地收获好评,卖得也不错,使我不至于为生活所困。

不过,我本人对自己的工作不太满意。这里不是指我想变得更畅销、更有名,而是我对作品在小说方面的成就有想法。

回想起来,出道作从各种意义上来说都是对我的挑战。我抱着这是最后一部作品的念头,又是第一次写社会派推理小说。一字一句填满原稿纸的过程,既像是对灵魂的销蚀,又像是踏上了未知的大地。那绝不是一部以新奇为卖点的作品,但即便如此,我还是觉得我所完成的是世上独一无二的新小说。

正因为如此,写完时我才会那么兴奋吧。

然而,出道后以写小说为职业了,却没了以前的感觉。

当然,每一次创作涉及的主题都不同,故事情节也不一样。我也还是在认真地写,但总觉得是在自我模仿,或者说只是改头换面，重复着在出道作里做过的事。

即便自觉"思想觉悟高"，我也抹不去这样一种疑念：我不过是换汤不换药，浮光掠影地讲点社会问题，其实只能写出被揶揄为"思想觉悟高（笑）"的作品吧。

即使写了新的小说，我也感觉不到成长或成就，结果反而觉得十分空虚。

我也曾委婉地和几个有交情的编辑商量过，但每个人都面露为难之色，只是一个劲地劝慰或哄骗我。

"嗯？这有什么问题吗？总之，你不是还能写吗？这不就好了。"

"说是自我模仿，其实不就是一种风格和个性吗，哪儿用得着在意。"

"作家嘛，写书写到空虚后才是动真格的时候。加油吧，哇哈哈……"

"海南子老师真是挺有思想觉悟的，嘻嘻嘻……"

"咱们去洗浴店吧，嘿嘿嘿……"

对忠于妻子有着极高思想觉悟的我，断然拒绝了去洗浴店的邀请。这事很重要，所以我得再说一遍：我断然拒绝了！

好吧，他们说得其实也有道理。

我已是职业小说家。写小说是工作，是我吃饭的家伙。所以，空虚也好，自我模仿也罢，我都必须写。

这些道理我都懂。懂归懂，但事情毕竟没那么简单。

人不是只为面包而活——说这话的男人被钉死在了十字架

上，但总而言之，小说并不是只为吃饭而写。它既是表达，也是灵魂。

灵魂是用来追求的。

我想看到以小说形式达成某种超越了工作的意义或境界。不一定要在文学史上大放异彩，只在自己短短的人生历程中闪光就行，我想要的是这样一种反馈：身为表达者，我有了进步。

就在磨磨唧唧想这些事的时候，我收到了郭公女士发来的约稿信。

她是自由职业者，并不隶属某个特定的出版社，据说是以"代理人方式"工作，也即先让作家不慌不忙搞创作，然后再把作品卖给最合适的出版社。

代理人方式是国外的主流做法，但老实说，我一直觉得它与日本的出版体系不太兼容。十年、二十年后会怎样我不知道，但现在似乎麻烦更多一些。邮件看到一半时，我一度打算拒绝。

然而，后半部分的文字让我心头大震。

"……海南子老师，您没觉得自己的工作有不尽如人意之处吗？这一点我很清楚。现在已经到了海南子老师发起新的挑战、打破自身壁垒的时候了。而我则能提出具体方案，把老师引向必然成功的道路。"

作为一封编辑投给作家的约稿信，措辞未免太居高临下了。或曰古怪。一般不可能这样。不过话虽如此，内容倒是一针见血。

是的，我确实有不足之处，我感觉要填补它就必须有挑战。我想打破自身的壁垒。我渴望新的成就。但我不知道该怎么做。按她的说法，到时候她能提供"具体方案"。

是否答应约稿姑且不论，总之我决定先去会会这个郭公编辑。

如此这般，我与郭公女士见面了。然而，夸张、霸气、古怪的她，提出的"具体方案"既老套又无聊，令人扫兴。

"警察小说！"

牡丹屋咖啡店新宿茶寮的禁烟席不光狭窄，还被并在了一块儿。在邻席飘来的滚滚浓烟里，她说道："海南子老师是时候挑战警察小说了！"

看这劲头，与其说是建议，倒不如说更像宣言。

但是，这样的方案已被别家编辑提过一万次——好吧，说得有点夸张了——提过四五次了。

去书店——尤其是文库本书架——看一眼就能明白，在日本读书界，警察小说的热潮经久不衰。近年来，这类小说除了拥有解决疑难案件的娱乐性之外，还能逼真地描写刑警身为"警察机构"这一庞大组织的齿轮之一，在理想与现实的夹缝中挣扎的实态。它们在同为"组织"中一员的工薪阶层引发了强烈共鸣，取得了飞跃性的进步。

编辑想让作家写畅销题材，这个可以理解。而警察也是社会的一部分，容易掺进我笔下的那种社会派风味。不过，事情并没有那么简单。

正因为热潮经久不衰，警察小说论质论量都已足够强大，如今已完全构成一个专业领域。单纯的"有警察登场的推理小说"和"警察小说"是不一样的。以警察小说为主战场的作家，知识储备极为丰富，描写能力也极强，并非门外汉一朝一夕就能赶上的，轻易出手的话必将引火烧身。

我好歹也是职业小说家，想写的话或许也写得出来。但是明眼人一看就知道我远不及专家，而且最重要的是，我也很难相信借此就能获得我想要的成就。

可能是我脸上显出了失望之色，郭公女士微微歪了下脑袋。

"您不中意吗？"

特地到新宿来，难道要白跑一趟了？

心里这么想着，我嘴上说道："啊，不，这个嘛……警察小说的话，也不用我来写吧，或者说……"

"嗬嗬！"郭公小姐突然发出尖厉的怪声。不，听起来像是在笑。

"讨厌啦，老师。没听几句就误解了人家的意思！"

"啊，是我误解了吗？"

"没错。我想让老师写的不是普通的警察小说！而是走 PC 理念的警察小说！"

"PC？是指网警之类的吗？不，这个可能确实很抓人眼球，但我对 IT 什么的不太了解……"

"嘀嘀！老师，这个 PC 不是个人电脑[1]的意思。"

"嗯？那……难不成是指警车[2]？"

"嘀嘀！老师，您是揣着明白装糊涂吗？"

"不不，不是这样的……PC 到底是什么意思啊？"

郭公女士用吸管吸了一口桑葚色的果汁，发出"哧溜溜"的声响，随后答道："政治正确[3]。"

"啊！"我忍不住叫出声来。原来是那个 PC 啊。

"也就是说……你要我写一本'政治正确的警察小说'？"

郭公女士神态悠然，重重地点了点头。

"嗯，是的。"

所谓"政治正确"，具体而言是指消除隐藏在表达形式中的歧视性。

PC 的起源是基于现代平等主义的消灭歧视运动。二十世纪八十年代，PC 在美国演变为一场轰轰烈烈的社会运动，之后渗透到世界各地。在日本，熟知"PC"的人不多，但运动本身已得到一定程度的推广。

其中比较容易理解的是一些称呼的改变。

比如，"看护妇"。这个词显然限定为女性，因含有按性别固定其职务的歧视性，近来出于 PC 的观点，一般会改称为"看

---

[1] 英文为"Personal Computer"。——译者
[2] 英文为"Patrol Car"。——译者
[3] 英文为"Political Correctness"。——译者

护师"。

同理,"助产妇"被改称为"助产师"。外来语也不例外,像"空姐[1]"这种来自英语的词,原本只限定为女性,所以也被改称为"客舱乘务员"。

除了与男女性别差异相关的词,还有比如"印第安人"这个称呼——源自哥伦布误以为加勒比群岛是印度的岛屿——被改成了"美洲原住民",而"〇〇〇〇"这个词原则上已不再使用(之所以用〇代替,是因为出版社要求禁用。这也是一种 PC。)。

不过,这种称呼的改变虽然是 PC 中比较容易理解的部分,但很难说是其本质。如果只拘泥于此,就会变成单纯的语言猎杀。最典型的例子就是出版社或电视台制作的"禁用语"一览表。

日本有一些绝不会在电视和电台节目出现的词,以及绝不会印成铅字的词。我们常说"播放禁用语""出版禁用语",但其实并不存在法律上禁止使用的词。这只是各家企业以关怀为名,规定了一批不能使用的词,属于自我约束。

然而,与其说歧视性反映在一个个单词里,倒不如说它原本是存在于文理之中的。只要禁用特定词语就不会构成歧视的思路,亦可谓消极主义导致的避重就轻式的思维停滞。

人有时会为了批判歧视而使用歧视性语言。相反,人也可以不使用歧视性语言而说出歧视性的话。很简单,"女性在各方面

---

[1] 原文为片假名"スチュワーデス",来自英语的"stewardess"。——译者

都不如男性"这句话明显是对女性的歧视,但从词语层面来看,没有一个词属于禁用语。

PC的本质不是单纯地改换称呼或禁用特定词语,而是仔细斟酌上下文和表达结构,在此基础上摒除歧视性。

我想确认郭公女士的真实意图,便问道:"那个……你指的不是出于PC的考虑改换称呼吧?比如写成'女性警官'而不是'妇警'。"

"当然!如果是这种校对时就能查出来的东西,就称不上理念啦。我希望老师写……不,老师理应写一部从PC的理念出发,对传统警察小说中蕴含的不自觉的歧视开刀的作品。"

原来如此。果然是这么回事。

刚才我只听到"警察小说"这四个字,就开始贬低郭公女士的提议。如今我对自己的无知感到羞愧。

小说,特别是商业出版小说,提供的基本都是"读者想看的东西"。因此,作品发表时的年代感或社会感通常会在小说中有所反映。但这些东西日后未必都会被视为"正确"之物。大部分小说都穿插着郭公女士所说的"不自觉的歧视"。

比如,儒勒·凡尔纳在一八八八年发表的《十五少年漂流记》。这部少年冒险小说中的杰作,讲述了因海难事故漂流到孤岛上的十五名少年齐心协力求生的故事。虽然已是一百多年前的作品,现在读来仍十足有趣,我小时候也曾着迷地反复读过好几遍。

但是，以现代读者的眼光来看，这部作品有一处令人难以理解。在少年们通过选举决定他们的领袖"指挥官"时，唯一一个黑人少年麦可没有选举权。而且，无论是身边的人还是麦可自己，都不假思索地接受了。文中麦可被描写成某种"理想的黑人"，虽然没有权利但人品良好，是一个高尚的、受大家信赖的人。

在一八八八年的欧洲，这种潜意识甚至可称健全，但现在看来则是明显的歧视，是不自觉的、非故意的歧视。

当然，这并不意味着《十五少年漂流记》的价值会受到损害。如此挖掘作品中的潜意识，这不是"评判"，而是"指责"。评判并非对作品的否定，而是对作品加以解读，使作者本人都不曾设想过的解释成为可能。而且，如果站在创作者的角度来看，当能从中发现可创造出新作品的视角。

以《十五少年漂流记》为例，诺贝尔文学奖得主威廉·戈尔丁写过一部杰作《蝇王》，其故事设定与之十分相似，但少年们没有互相合作，而是展开争斗，最终以悲剧收场。可以说，《蝇王》是对《十五少年漂流记》这一先行作品中被理想化的少年形象进行了批判性的解构，从中获得了另一种视角。

郭公女士的意思是走 PC 理念，在现代日本警察小说领域复制同样的事。

"现有警察小说所蕴含的、不自觉的歧视……这是指，比如女性角色的描写方式、性别观，或是有关凶手形象的那些东西吗?"

郭公女士满面春风。

"嘀嘀！正是！你真是懂我！"

从 PC 的角度来看，不少警察小说确实有问题。

比如，很多硬汉派风格的作品号称是"男人的世界"，对男性角色刻画到位，对女性角色的塑造却极力迎合男性的口味。

此外，在以少年犯罪为主题的作品中，很多是以"恶性少年犯罪数量在增加"为前提展开故事。然而，这是偏见。据统计，战后日本的恶性少年犯罪数量一直在减少，近年来已跌至很低，停止下降。同样，以外国人犯罪、性犯罪、猎奇杀人等为主题的作品，也容易掺入可被统计数据否定的偏见。

当然，"政治正确"和"作品正确"是两码事。既然小说提供的是"读者想看的东西"，那么只要读者觉得好看就行，这是事实。从这个意义上来说，面向男性读者的小说即使内容迎合男性的口味也没问题；贴近老百姓的主观感受而非统计出来的事实，以此来凝练作品的世界观也是没问题的。

有意义地获取"评判"的视角，而非"指责"现有的那些"政治不正确"的作品在搞歧视。这么做或许就能写出一部新作品，一部迄今为止谁都没想到过的"政治正确的警察小说"。应该这么说，像我这种门外汉要想涉足警察小说这一专业领域，原本就必须采用与现有作家不同的视角进行创作，否则毫无意义。

而且，政治正确、追求对歧视的摒除，这对思想觉悟颇高的我来说……

"这不是很适合有思想觉悟的海南子老师吗？你很想试试吧？我们要借助PC的理念，把小说升华为一种革命性的表达方式，去打破现有的警察小说——不，是现代日本社会——所抱有的自明性。"郭公女士把我脑中闪过的念头原封不动地说了出来。

没错。所谓不自觉的歧视性，就是指很多人认为理所当然而忽视了的一些东西。也即自明性。或许也可以说成"既有的价值观"。如发动革命一般将其打破的小说——如果能写成，对我来说或许也是一种成就。我有一种预感，没准我能冲破壁垒。

先前点的咖啡一口没沾，已经凉透了。我喝了一口后，说道："原来如此，听起来倒是挺有意思的。"

郭公女士发出"嘀嘀"的笑声，立马扭动腰肢，向前探出身子。

她那过于张扬的脸就在我的眼前，近得几乎能鼻子碰鼻子。

我不由得向后一仰身。

"太……太……太近了。"

郭公女士毫不在意，大喊了一声："海南子老师！"伴随着声音喷出的大量唾沫打湿了我的脸。

"你呀，干吗还装模作样啊！想干的话，就请立刻坦率地回答一句'我想干'！"

迫于对方强大的气场，我就像饮水鸟一样频频点头。

"好……好的！我干！"

就这样，我听从郭公女士的建议，准备以 PC 为理念创作一部"政治正确的警察小说"。

当然，我并不是慑于她的气势，我自己也觉得此事大有可为。也许我能就此冲破壁垒，也许我能取得新的成就。

以代理方式工作还是第一次，要说没有一点不安当然是骗人的。但现在我只能相信郭公女士的力量。虽然她为人相当古怪，但看那气势，应该很擅长谈判。不管怎样，既然决定做了，拼命写就是了。

只是，我的执笔速度不快。由于另有几篇连载小说需要定期交稿，所以一开始我觉得可能会花很长时间。不料，我下笔出奇地顺畅，不到两个月就完成了第一稿。

而且，虽然自己说有点不合适，但我对这部作品真的很有信心。不，岂止如此，我感觉自己写出了一部杰作。当年把投给新人奖的出道作写完时产生的昂扬感，如今重现了。

这个能行。肯定行。

我充满自信地通过邮件把稿子发给郭公女士，很快就收到了回信，对方说想见面直接谈感想。于是，我俩再次约定在牡丹屋咖啡店新宿茶寮见面。

我自然是以为会得到表扬。就郭公女士那个脾气，想必一看到我就会用响彻全店的声音对我赞不绝口。可能又要引人注目了，真受不了……

然而，坐在同一张禁烟席前、喝着桑葚色果汁等我的她，出乎意料地安静。

郭公女士看到我进店，既没有站起来，也没有尖叫，只是微微点头致意。过于张扬的脸上此时却面无表情。

咦？

我诧异地在郭公女士面前入座，点了一杯咖啡。她始终保持沉默，手里拿着打印出来的原稿，捏住纸张边缘的双手正在颤抖。

"那……那个……"

我主动搭话，而郭公女士仍一声不吭，低下了头。

怎……怎么回事？难不成这个人感动得说不出话来了？

嗯，一定是这样，肯定是这样没错。原来平时狂躁的她一旦深受感动，就会安静下来。

不久，我点的咖啡来了。我很高兴她深受感动，但我们也不能一直默默地相对而坐吧。就算作品没有可修改的地方，应该也有很多需要商量的事吧，比如拿去哪家出版社、如何安排校对日程等等。无奈之下，我先开口了。

"怎么样？我个人对这部作品很有信心。你看，我们找哪家出版社好呢？虽然表面是硬汉派，但写得很有思想觉悟，所以我想是不是该找业内评价很高的K书房呢？其他的还有感觉很有锐气的J社。当然，为了能让广大读者读到这本书，S社、K书店等擅长做文库本的大型书商也完全没问题……"

"吧嗒吧嗒"声让我停止了讲话。

定睛一瞧，郭公女士手中的原稿上落着水滴。珠泪。低着头的郭公女士似乎正在哭泣。

"我……我说……郭公女士你怎么了？"

"……糟了。"郭公女士喃喃低语着什么。

"你说什么？"我又问道。

郭公女士抬起头。她两眼红肿，泪流满面，恐怖而又美丽得让人心悸。

"太糟糕了！"郭公女士斩钉截铁地说。

"啊？"

"让人幻灭！没想到海南子老师是这么严重的歧视主义者！"

始料不及的发言令我不知所措。

"什……什么？歧……歧视主义？等……等一下，哪里歧视了？"

"嚼嚼！"郭公女士又发出了那种笑声。

随后她悄悄拿起桌上的餐巾纸擦去眼泪，发出"吭哧吭哧"的巨响擤了擤鼻子。

"啊，果然是这样。是不自觉的呀。否则你也说不出很有信心这种话了！原来如此，原来如此。真是幻灭。你要写的小说是以摒除不自觉的歧视性为理念的，哪知你自己却成了不自觉歧视的俘虏！哈，这个叫有思想觉悟？别开玩笑了，说思想觉悟太低还差不多，你的思想觉悟已经低到地底下了！"

像是发动引擎似的,她的声量越来越大,没多久便转为尖叫。

"感觉就像被强奸了!不,是真的被强奸了!我被作家海南子安艺强奸了,守了三十五年的处女之身被夺走了!你这个禽兽……!"

全店的顾客都一脸震惊地看向这边。我好像无意之中知道了郭公女士的个人隐私,但眼下可不是关注这种事的时候。

"等……等……等……等一下,你在说什么呀?我……我……各位,她那是在打比方。我是清白的!"我慌忙从座位上站起来发表声明,然后再次转向郭公女士,"郭公女士,这是怎么回事?我自认我是竭尽全力以 PC 为理念创作了一部警察小说,自我感觉也不错。可你的意思是,这部作品里存在歧视?请你解释一下。"

"嗬嗬!解释?我就把话挑明了吧,几乎整篇文章我都能指出问题。你做好心理准备了吗?"

刚才还在哭泣的女人放肆地笑了。感觉又像是对我的挑衅。

那就见招拆招吧——我怀着这样的情绪,点了点头。

"好啊,那就让我洗耳恭听吧。"

"明白了。这就开始吧……"郭公女士痰嗽一声,"首先是名字。主人公是女警,名叫皇玲花。这是对女性的歧视。"

我不禁仰面朝天。

"哈?哪里歧视了?"

"名字太转,转得毫无意义。或者说,就像是初中生想出来的,难道你不觉得害臊吗?给女警起这样的名字,就等于在给她加戏。警察本是男人的工作,如果是女性,就得从名字开始堆人设,否则就立不起来——正因为持有这种价值观,你才起了那样的名字。"

"不……不不,真不是。这原本就是小说,理所当然要给登场人物取个帅气的名字吧?当然……好吧,可以说确实很像初中生想出来的,或者说这种帅气可能多少有点廉价,但这本身构不成歧视吧?而且,给男警察起帅气名字的小说不也多如牛毛吗?你的意思是,这也算对男性的歧视?"

"没错。"郭公女士若无其事地给出了肯定的回答,"怎么说呢,现在的价值观就是以男性为尊的,所以给男人起个帅气的名字与其说是对男性的歧视,不如说是在强化对女性的歧视。但是,歧视的本质并无变化。男女都一样,起帅气的名字就是歧视。"

"啊?照你这理论,给自己的孩子起个帅气的名字不也是歧视吗?"

郭公女士果然还是若无其事地点了点头。

"情况就是这样啊。现代人理所当然地给孩子起帅气的名字,就跟过去的人理所当然地不给黑人和女性参政权是一样的。"

你的名字"鹆子"也挺帅的吧——我刚想这么说,就被对方抢先了。

"好吧,很遗憾,我名字里的这个'鹆'字确实很帅,但'ツル[1]'这个发音有一种傻傻的感觉，所以正负相抵，皆大欢喜。这得感谢我的父母。至于老师你的笔名'海南子安艺'，倒是形象不佳，所以我一直在想，不愧是老师啊。可现在看来，你好像并没有意识到这一点啊。"

我张口结舌，因为过于震惊，连反驳一句"要你管！"都做不到。

"归根结底，海南子老师想写的是以 PC 为理念、打破自明性的革命性小说，对吧？既然如此，引现有作品或价值观为例、加以正当化，这不是很奇怪吗？"

这个……当真如此？听着对方强有力的断言，我渐渐觉得还真是那么回事。

郭公女士继续说道："然后是女警受到各种骚扰的情节，里面也含有严重的歧视性。"

关于人名的问题，我没能做出反驳就被碾压了，但现在这个我不能让步。应该说这是郭公女士解读有误。

"不，这个不对。文中确实出现了好几个歧视者。公私不分、企图笼络主人公的刑事部长就是最典型的一个。但我是特地这么写的。主人公追查案件的同时，也在与警察组织内部的骚扰行为做斗争。倒不如说，从这部作品里我们能读出否定歧视的信息。至少这一点还请你搞搞清楚。"

---

[1] 日语中，鹤读作"ツル"。——译者

这些都是无须特地说明的东西。我怎么都没想到会被一个职业编辑如此指责。和这个人合作果真是错误之举啊。我的心头涌起了层层疑念。

这时，只听郭公女士放声大笑。

"嗬嗬！你在说什么呀！你可能觉得自己写了个新鲜玩意儿，但其实早就有人写过女刑警对抗骚扰之类的东西。而且还是超一流作家，比你高明一亿倍。这件事你到底清楚不清楚啊？"

"这……"我哑口无言。

如此说来，确实有这样的先行作品。但是，她也不能因此就那样说我吧？

"你应该写的是那种比前人更进一步的东西，对吗？比如，这类'战斗女人'文确实是在跟对女性的歧视唱反调，但往往会陷入这样一种结构——女人要彪悍得比男人更像男人，也即通过'雄性化'来解决问题——对吗？至少你的作品就是这样。这岂不是在作品层面上接受了男尊社会的自明性吗？"

女人的雄性化——听她这么一说，也许真是如此。这的确是我本人忽略的一个视角。

"我是思考到了这一步，才说你歧视的！"郭公女士斩钉截铁地说。

一时之间我还是无法反驳。直到刚才我还持有的确信动摇了。郭公女士基于我过去不可能拥有的视角，进行了说明。如果是这样，也许不是她解读有误，而是我的思想太肤浅了。也许正是我的自明性、不自觉的歧视反映在了我的作品里。

"好了，接下来是作品中的凶手形象。最不像凶手的孩子是真凶，这个很无聊，而且依然充斥着严重的歧视和偏见。"

"啊？啊，不是……"

"你想说这个也不对？"

是的，唯有这一点她说错了。这里面应该……不存在歧视。该主张的就得主张。

我做了个深呼吸，鼓起勇气开口道："确……确实，如今'孩子是凶手'的小说根本不稀奇，甚至可以说司空见惯。但我并不是为了追求意外性才这么做的。倒不如说，我的目标是通过有意识地采用常见套路，来揭露和否定现有作品容易陷入的偏见。比如，据统计，恶性少年犯罪数量并没有增加，我把这条信息安插在作品里了。而且在后半部分，当少年犯的背景水落石出时，我们才发现驱使少年犯罪的并非纯粹的恶意，而是贫困。现实社会中，'少子化现象加剧，儿童贫困问题严重'的认知也已逐步扩散。各项统计数据也表明，贫困与犯罪之间存在相关性。由此也可知，真正的恶不在人心，而在于社会……"

"嗬嗬！"郭公女士的笑声打断了我的解释，"笑死人了！海南子老师，难道你还想继续写之前写过的那些似是而非的社会派小说吗？"

"这……"我再次无言以对，嘴巴一张一合，宛如窒息的金鱼。

什么？似是而非……？这个编辑……刚才可是对作家说出了"似是而非"这个词！

郭公女士毫不在意我哑口无言的样子，问道："你想说，被现实的统计数据证伪的东西是偏见，被证实的东西就不是偏见，所以你才这样设定凶手的背景，是吗？"

"嗯，呃……算是吧……"

我稍稍歪下脑袋，但还是点了点头。她的说法不太对劲，但确实是这么回事。

"你这样不就是统计歧视吗？"

"哈？统计歧视？"

"没错！统计就是一种倾向。拿这个做依据来设定罪犯——而且还是杀人犯，不是歧视是什么？贫困和犯罪之间存在相关性？嗯，也许吧。但不能因此就断定罪犯是穷人，这是歧视！这个跟没有证据，只是觉得可疑就逮捕无辜市民、制造冤案的权力扭曲是一回事！"

"不，等一下，你这话说得太奇怪了。这可是小说，是虚构的。设定合乎统计数据的背景，是为了制造真实感。说得更清楚一点的话，就是为了揭示现实中存在的贫困问题。我在小说里描写以贫困为背景的犯罪，并不等于我认定犯罪是因为贫困。"

"不！就等于认定了！应该这么说，正因为是小说才出问题了！在现实中，权力制造的冤屈能够被洗刷，真相能够大白于天下。但在虚构作品中，真相是由作者制造的。即使是带有歧视性的作者制造的带有歧视性的真相，也不会被推翻。你听好了，小说家的'写作'行为就是一种终极的权力行使。因为在小说世界里，作者是无所不能的掌权者，甚至连神都能创造。高踞于强权之上，揭示贫困问题？嘀嘀！你有什么脸说这种话啊？你拿一些不知从哪儿听来的社会问题当素材，这不过是一种自慰行为罢了。不，身为职业作家祸害读者，性质比自慰还恶劣，简直就是强奸啊！你这个道德沦丧的坏坯！所以我才说你的思想觉悟已经低到地底下啦！"

郭公女士的话毫不留情。反倒是我有一种自己被强奸的感觉。

但是，她的指责里毕竟包含了我过去不可能持有的视角。我从没想过什么统计歧视，不曾意识到"写作"行为是一种终极的权力行使。

结果我无法做出任何回应。而郭公女士则继续说道："行了，其实还有很多呢！登场人物的性取向啊恋爱观也是，全都默认是异性恋，极具歧视性……"

郭公女士从故事内容到细微的措辞，逐一指出潜藏在作品中的歧视性。渐渐地，她两眼放光，脸涨得通红，话语中多了火气和尖酸劲。

"嘀嘀！你竟然能写出这么带有歧视性的话，真是人渣、变态、矮冬瓜、死肥宅、秃头怪、愤青、'左狗'！就因为这样，你才一直是处男啊！嘀嘀！"

我凭什么一定要被她这么辱骂啊！

我一直像沙袋一样忍气吞声，也渐渐压不住火了。

这家伙的言辞不是更具歧视性吗？再说了，我不是处男！媳妇孩子都有了！你才是处女吧?!

"然后，在高潮部分出现了手枪和警棍，这不是歧视是什么？"

我心里正怒着呢，被她这么一说，到底是断弦了。

"说……说什么呢！这是警察小说，当然会出现手枪和警棍啊！哪儿有什么歧视啊！"

这时，只见郭公女士瞪大了眼睛，断喝一声："你这淫棍！"

这声怒吼好似曼陀罗花被拔起时发出的喊叫[1]，桌上的玻璃杯为之震颤，桑葚色的果汁和咖啡也荡起了波澜。

"你丫的，还敢说哪儿有什么歧视？再怎么想，手枪和警棍都是男性生殖器的象征啊！一个女警以此为武器，然后还要发射子弹？哈！这不正是对丑恶的男尊社会的自明性不加批判、顺杆往上爬的歧视性表达吗！"

虽然有点被她的气势吓到，但这些话未免太乱来了。

我扯开嗓子，用不输于她的声量反驳道："什……什什什什……什么乱七八糟的！你怎么会得出这种结论啊！手枪是男性生殖器？这是什么弗洛伊德式的破烂解读啊！是你自己在胡思乱想吧？读一下你就该明白，我没有歧视的意思。你得根据上下文

---

[1] 曼陀罗花根茎形似人体，相传从土中被连根拔起时会发出尖叫。——译者

来判断,别莫名其妙地硬掰!"

"嘀嘀!来了来了!'没有歧视的意思',这可是歧视主义者常说的话。你终于露出马脚啦!还说什么要根据上下文来判断?你是要强迫读者按照作者的意图去理解吗?这正是一种歧视性的态度,是要固化作者与读者之间的权力关系,除此无他!"

"我……我我我我……我没说过这种话!我的意思是,你先按正常的语文能力读一遍后再来说话!别生搬硬套,弄些稀奇古怪的解释,然后给我贴上歧视者的标签!"

"嘀嘀!这次又拿'正常的语文能力'来说事了?那我问你,什么叫'正常'?世上有放之四海而皆准的'正常'吗?你没发现'正常'才是最恶劣的歧视用语吗?'正常情况下,女人是要回归家庭的''男女相爱才是正常的恋爱''正常的日本人不会接受低保''残疾人不是正常人'——'正常'可是用来迫害多数人眼里的少数'非正常'者的词语!"

"你……你你你你……你说得不对!这……这个才是要看语境的!我所说的'正常'不是这个意思!"

"嘀嘀!我问你,你能保证你嘴里的那个什么语境吗?谁也不能保证读者会按照你写的意图来阅读小说吧?所以,你为什么对自己的语言使用方法那么有自信啊?你又没向所有人确认过,凭什么就能说出'正常的语文能力'这种话?难不成你认为自己总是绝对正确的?"

"这个……我不是这个意思……"

我顿时语塞，不由得低下了头。糟糕，被她这么一通刨根问底，我一时之间答不上话来了。应该说是不知道该如何回答。还真是的。能够保障文字的意义和语境的，究竟是什么呢？

不知为何我突然深感寂寞，仿佛被抛入了宇宙空间。这里没有地面，没有天空，也没有光。什么也看不见。

为何直到刚才，我都对自己的文字抱有那么大的自信呢？

郭公女士朗声说道："你听好了，语言可不是那种能单独捏合起来的东西。就算你没有歧视的意思，只要受众感觉有，那就是歧视。自明性啊、不自觉的歧视什么的，不就是这么回事吗？你要写的不正是打破它们的小说吗？"

啊，如此说来，确实是这样。我这个思想觉悟很高的人想写的是以 PC 为理念的、政治正确的警察小说。是那种打破自明性的、革命性的小说。

"综上所述，我洋洋洒洒地指出了许多问题，这部作品根本不够格，是政治不正确的！不过呢……"郭公女士突然凑过脸来，说道，"如果是海南子老师的话，想必是能写出来的！请你重写一遍！我会一直等下去的。"

此话激荡鼓膜的一瞬间，我感受到了光芒，仿佛看到了宇宙中闪耀的恒星。

如果是我，就能写出来吗？

抬头一看，郭公女士已然起身。

"好了，已经很晚了，今天就到此为止。"

郭公女士迅速离店而去。

回过神时，窗外已经完全暗下来了。我看了看表，是凌晨两点。岂止"很晚"，都已经是深夜了。不知不觉中，散发着慵懒气息、颇有自由职业者风范的人们成了店内顾客的主流。我从包里掏出手机，发现零点左右妻子打来过一个电话。我没接。出门时我没说会在外面待到很晚，所以她可能是担心了。这事是我不对，但今天发生的事对我来说也非比寻常。

账单还留在眼前的桌子上。仔细想想，这可是我第一次与编辑面谈后由自己来买单。当然，我已经顾不上这种事了。

坐出租车回到家时，已是凌晨三点多。妻子在卧室先睡下了。到了早上多少会被她数落几句，这也是没办法的事。总之现在就去睡吧。我钻进了被窝。然而，郭公女士的话在我脑中团团打转，搅成了一堆黄油，直到天光泛白，我都没有丝毫睡意。

无奈之下我决定去书房，把那原稿重读一遍。

真像她说的那样一无是处吗？郭公女士的指责真的点中了要害吗？

至少在写完这份原稿时，我觉得它是杰作。现在不妨抱着诚意再读一遍吧。如果仍然觉得是杰作，那就意味着我与郭公女士根本无法相互理解。也许应该停止往来。

抱着这样的心态开始阅读后，我不禁毛骨悚然。

这是什么东西？差劲！太差劲了！

怎么回事？郭公女士说得没错啊。重读时我才发现，人物的名字、描写、世界观、凶手形象、登场的小人物……总之，构成小说的一切要素，从第一行到最后一行，都充满了歧视与偏见。

纯属垃圾。这能是政治正确的警察小说？真是笑死人了，羞得我都想哭了。郭公女士是对的。我怎么会觉得这是杰作？

太不爽了！

突然，一种恶心的感觉从我体内深处涌了上来。我冲进厕所，大呕特呕。从昨天中午开始我就没吃东西，胃里似乎很快就空了。即便如此，恶心的感觉还是没有消失。我吐出了透明的胃液。眼中的泪水、鼻腔里的鼻涕、全身毛孔下的汗水齐齐喷出。顺便还漏了一点尿。

周身流淌出各种体液时，我发现——

我的思想觉悟正在提升。

有了与郭公女士的这段遭遇，我的思想觉悟戏剧性地提升了。从单纯的"觉悟高"进化为"觉悟超高"。于是，我开始意识到以前没能意识到的歧视。看待世界的方式也变了。然而，这绝不是一件轻松的事。

"你没事吧？"

睡眼惺忪的妻子走进开着门的厕所，摩挲我的后背。应该是被我弄出的动静吵醒了。

"喝多了？好吧，我知道你有应酬，但搞到凌晨这个点，至少该打个电话吧。"

抱怨归抱怨，妻子的语气却很温柔。多半是看我情绪不佳，在安慰我吧。

只是，我在心里摇了摇头。

不是的！不是这样的！

"谢谢，我没事。"我挤出一个违心的笑容，接过妻子递来的毛巾擦了把脸。

妻子会阅读我出版的小说，但完全不干涉我的工作。除去作家和想成为作家的人，大多数平民都对创作论不感兴趣，妻子亦是如此。思想觉悟也和普通人一样。我不认为妻子能理解我的痛苦。

结果，我整夜都没合眼，上午也只是躺着休养身子。什么都吐出来了，但恶心的感觉并未消失，仿佛是要从内心开始侵蚀我的身体。消除这种感觉的方法恐怕只有一个，那就是写作。创作带来的伤口，只能靠创作来治愈。

这次我一定要写出真正政治正确的警察小说！

从当天晚上开始我就把自己关进书房，着手修改原稿。

然而，我的工作没有任何进展。无论如何都集中不了精神。这到底是怎么回事？

啊，好臭。

过了不久，我意识到了。书房发臭了。书架和保存原稿的电脑散发着强烈的腐臭味。受其困扰，我才没法工作的。

腐臭的来源很快就揭晓了。是歧视。过去写的东西、现在写的东西，全都沾染了严重的歧视。不，不光是我的小说。书架上，同行们的所有作品都散发着恶臭扑鼻的歧视味。每个人都毫无根据地相信语言、使用语言，肆意排放不自觉的歧视，满不在乎地拿娱乐和艺术当幌子。

肮脏透顶！

已拥有超高觉悟的我，被这等污秽包围，怎么可能写出像样的作品呢？首先，我得处理掉这些东西。

此后我花了数天时间，把书房以及走廊和储物间里的书都收拢起来，当作可回收垃圾扔掉了。

"嗯，有了电子书就不需要纸质书啦。"妻子自以为是，喜滋滋地说，"太好了，我知道你工作时需要它们，可是每个月下来，书越来越多，我一直在想该怎么处理呢。"

其实电子书和电脑里保存的我自己的原稿也都被删了，只是我没一一细说罢了。

此外，我决定中断一切已答应撰稿的小说连载。向各位责任编辑通告此事时，他们都非常惊讶，缠着我说这说那。但我力排众议，只说"有一部小说我无论如何都想集中精力去创作，创作完我再好好给你们干活"。

由于连载中断，定期进账的稿费没了。然后，这事还被妻子发现了。我对她的解释也是"有一部小说我无论如何都想集中精力去创作"。或许是因为家里有足够的积蓄，生活上暂时没有困难,妻子痛快地接受了。

把身边清理干净后,多少能动动笔了,但过程根本不是一帆风顺的。把重写的第二稿发给郭公女士时,已过去了整整半年。

我俩在牡丹屋咖啡店新宿茶寮第三次会面。郭公女士开场说了一句"比以前好了一点……",随后大骂第二稿也充满歧视,完全政治不正确。

这回我一句也没反驳,全盘接受。郭公女士说的每句话都很在理。

恶心感非但没有消失,反倒越来越强烈了,但我只能继续写。第三稿、第四稿……反复修改。以前合作过的编辑时不时地找我打探情况,问"是不是差不多了?",我也都置之不理。

每次读完修改后的原稿,郭公女士都能"发现"新的歧视。不过,她每次都说"比以前好了一点"。这是我唯一的救赎。哪怕只有一点点,我也在进步。我的作品每天都在向政治正确靠拢。

从那以后过了三年。

这一天,我照例去牡丹屋咖啡店新宿茶寮与郭公女士碰头,打算聊一聊上星期完成并发送给她的第九稿。

正要出门时,妻子叫住了我。她忍无可忍地说:"老公,你在想什么啊?再这么坐吃山空,我们就没法生活了。如果还不起贷款,这栋房子也要没了!"

去年，我从所有合作过的出版社那里收回老作品的版权，雪藏了起来。如此一来，不光是稿费，就连已出版书籍的版税都没了，收入彻底归零了。

"现在我得去开会，等会儿再说吧。回来后我会好好跟你解释的。"

"别等会儿了，现在就解释！而且你开的这是哪门子的会啊？书是一本都没写出来吧！总是很晚才回家，你到底在干什么呀？"

妻子歇斯底里地大喊大叫。看来是产生了不必要的误会。

也对，站在她的角度，多半是会担心的。大的孩子快上高中了，小的孩子……要上初中了？我也搞不清楚，差不多就是这样吧。可能各方面都需要开销。我也有错，谁叫我一直什么都不说呢。我知道不能再这样下去，只好尽可能用通俗易懂的话说明情况。

然而妻子皱起眉头，越发歇斯底里地嚷道："哈？这叫什么事啊，简直岂有此理！"

从某种意义上说，妻子的反应在我意料之中。她对创作论不感兴趣，思想觉悟也只是普通人的水平。想来她理解不了觉悟超高的人所进行的创作活动。我没有感到失望，也不想接受现实，只是怀着这种索然的心境，努力去冷静地说服妻子。

"我不是说过好几次了吗？我以前写的作品，每一部都充满了歧视。这种东西哪儿有上市的价值啊。"

"你在说什么呀？你的作品里根本就没有歧视！"

"那是因为你被既有的价值观、自明性束缚了。而这个就是歧视。"

"照你这么说,那钱怎么办?因为卖小说,所以你才是小说家啊!"

"不能为了钱就肯定歧视,否则就跟奴隶贩子一个样了。"

"有什么不好的!管他是奴隶贩子还是别的什么,你得养家糊口啊!"

"别说那么肤浅的话。没关系的,我又不是不写小说了。只要我写出没有歧视的'政治正确的警察小说',就一定能出版,也会有版税进账。"

"那要等到什么时候啊?"

"不久的将来……我的小说确实越改越好了,感觉肯定能马上写完。"

妻子迟迟无法接受,叽叽咕咕地抱怨个不停。我渐渐厌烦起来。

"我真的要赶不上开会了,以后再说吧。"我中止对话,走出了家门。

"开什么玩笑!你这个浑蛋!"

从身后传来的怒吼声令我心头火起。不过,对我这个觉悟超高的人来说,听郭公女士责备的时间可比听妻子责备的时间宝贵得多。

最终,我比约定的时间晚到了十分钟左右。

"我还以为你要放我鸽子了。"郭公女士如是说。

"不,是我要出门时妻子……"

听我简单解释了一番后,郭公女士笑道:"嗡嗡!碰到这样的,揍一顿让她闭嘴就行啦。"

"你说什么?"

"海南子老师,身为男性,你应该比你夫人力气大吧?"

"不……不不,那就成家暴了。怎么说呢……这种行为才是PC所不能容忍的,是政治不正确的。"

"嗡嗡!说什么呢你。PC只是作品该做的事吧?一个人可以创作政治正确的小说,但完全没必要在行为上表现得政治正确。倒不如说,私人生活自由奔放,作品才会更好吧?"

听她这么一说,我想起来了。硬汉派作家是个连虫子都不敢杀的宅男;纯爱小说的名家出轨搞小三;暖心风格的畅销书作家酷爱权力骚扰,把好几个编辑逼得自杀了……这种事司空见惯。

原来如此。原来创作政治正确的小说,并不意味着一定要在行为上表现得政治正确。倒不如说,反其道而行之也许更能为作品带去精神食粮。

第九稿的命运也一样,虽说"比以前好了一点",但郭公女士胡乱痛骂了一番,认为还是存在大量歧视。不过,我总觉得通过这次的会面,我得到了一个前所未有的巨大发现。

我依然是深夜才回到家。已经过了凌晨三点。或许是因为出门时发生了那样的事,妻子没有睡觉,一直在客厅里等我。

"我们好好谈谈吧。"

看妻子说话时表情僵硬，我心想：很好，这么快机会就来了！

我一言不发，攥起拳头，狠狠砸向妻子的脸。

"吵死了！你一个女人，有什么好抱怨的？"

妻子的尖叫响彻了整个屋子。快感贯穿了我的全身。

这是我有生以来第一次打人，没想到会这么爽。我发了疯似的揍了妻子好几下。这时，可能是尖叫声和其他声响的缘故，孩子们惊醒后跑了过来。父亲殴打母亲的情景让他们大吃一惊，女儿哭着喊："住手！"儿子则猛扑过来，叫道："不要欺负妈妈！"

如果是三年后，可能会有危险，但现在儿子还比我矮得多，力气也小。我把儿子也痛打了一顿，顺便又收拾了一下女儿。

第二天，妻儿收拾行李离开了这个家，但我得到的东西弥补这些缺失绰绰有余。我切身地体会到自己的思想觉悟有了进一步提升。从"觉悟超高"进化为"觉悟超超高"了。手中的笔开始兴致盎然地游走起来，一眨眼的工夫，第十稿就写完了。

郭公女士说第十稿"依然存在歧视，但已经有了显著的进步"。

不是"好了一点"，而是"有了进步"，而且是"显著的进步"！尽管之后又被她批得体无完肤，但某种难以言喻的幸福感把我团团围住了。

这天的会面结束后，郭公女士没有马上回家，而是向我发出了邀请："接下来有时间的话，我想带渐渐冲破壁垒的海南子老师去一个地方。"

我有的是时间,便答道"没问题"。于是郭公女士把我带进了位于歌舞伎町一角的商住两用楼。

"老师的稿子有进步,是因为你释放了自己的欲望。所以,你应该在这里进一步地多多释放。进驻这幢大楼的都是'保健房',说穿了就是风月场所。你就去喜欢的地方玩个痛快吧。"

原来如此。是这样啊。我觉得郭公女士说得没错。如今我连坚守贞操的对象也没了,还犹豫什么?

楼内好像有四家风月店,一楼入口处挂着各家店的招牌:"爱情手册""青虫滚滚""男色投标""种族隔离"。每一个都散发着政治不正确的淫靡气息。

"嘀嘀!老师,这里不光是满足性欲的地方,还是大人们从歧视中获得乐趣的社交场所。无论在哪家店,我们都可以快乐地玩欺辱少数人群的游戏。平时满嘴自由主义、思想觉悟很高的文化人都经常来这里。"

原来如此,原来如此。来的是思想觉悟很高的文化人啊。果然人的上半身和下半身是分开的。

有着超超高觉悟的我,决定挨个走遍所有的店。每家店都会出现具有种种缺陷的坐台小姐——不,政治正确地说,应该是"坐台人"(确实也有男性)——给我带来至高无上的愉悦。

销魂蚀骨之际,我不由得想:啊啊,这真是太棒了。

政治不正确万岁!歧视万岁!

一夜之间,我的思想觉悟进一步提升至"超超超高"级别。

如此这般玩了个痛快的我，回家后则摇身一变，专心于创作摒除歧视、政治正确的警察小说。

从那以后，我每星期都会去一次风月场所。

写第十二稿的时候，离家出走的妻子寄来了离婚协议书和索取赔偿费的证明材料。我觉得麻烦，所以对方怎么说我就怎么应。

写第十六稿的时候，我花光了存款，无法再去风月场所。不过不要紧。因为我发现，只要时不时地参加排外主义者在街头举行的示威游行，就能获得和花钱去风月场所一样的快乐。

紧接着，就在我写第十七稿的时候，由于还不起贷款，我失去了住房。这也不要紧。只要有一台电脑我就能搞创作。我去图书馆或政府机关充电，晚上睡在公园的长椅上，三餐则靠捡便利店废弃的盒饭。

写第二十六稿的时候，我碰上了专挑流浪汉下手的坏人，电脑被抢走，右腿和左臂也被打断了。不过，就算是这样也不要紧。只要翻翻垃圾堆就能找到纸和笔。只要有一只手能用，我就能写小说。不，就算失去双手，我也可以用嘴叼着笔写。

每次修改完毕，郭公女士都会马上出现在我眼前，阅读新的原稿，我很纳闷她是怎么知道的。虽说次次都遭贬损，但得到赞扬的部分确实越来越多了。明明觉得终点在望，可之后还是会花很长时间。不知不觉中，我的头发全都白了，皮肤上出现了皱纹和斑点，眼睛也看不清近物了。

是一百、二百，还是一千呢？连我自己也记不清是第几稿了。写到最后，我的思想觉悟终于提升至"欧米伽"级别，抵达了新的境界。

文字是有生命的。它会不停地摇摆。比如，写下"赤"字时，脑海中浮现的颜色会因人而有微妙的差异，也会根据时间和场合发生变化。至于文章的文理，就连作者本人也无法完全掌控。然而，文字这种东西又会切割和区分这个世界。"赤"不是"蓝"也不是"黄"，它把这个世界区分为"红色"和"非红色"。也就是说，文字是"无法掌控的区分"。因此，任何文字都有可能变成歧视。过去，我认为出版社及电视台规定禁用语是一种"思维停滞"。但是，如果不在某处停止思考，所有的文字都将变成歧视。最终，由文字编织出来的小说会变成歧视，会变得政治不正确。不写下文字则不会有小说；可是一写下文字，歧视就出现了。关于这对矛盾，我能给出的答案只有一个。

——白纸。

我花费一年多时间翻找垃圾，收集了数百张空白复印纸，叠成一摞。这时，郭公女士出现在我的眼前，拿起了那摞连标题都没有的白纸。与老态龙钟的我不同，她依然保持着与我相识时的那种过于张扬的美。

她面露微笑："你终于完成啦。这才是完全政治正确的警察小说。"

太好了！真是太好了！思想觉悟高至欧米伽级别的我，终于写成了！写成了一部政治正确的警察小说！不，其实我什么也没写。

郭公女士大显身手，几天后某大型书商就出版了这部小说。毕竟是一堆白纸，无须校对，马上就能装订成册。

此书刚出版就得到了极高的赞誉。普通群众说"因为没字所以很好读"，阅读爱好者则表示"我从来没读过这样的小说，不，应该说是读不了"。

空无一字的白纸就是一部革命性的小说，它打破了小说这一事物本身的自明性。它使无限自由的解释成为可能。想要自觉聪慧地谈论小说的评论家，为了能自觉聪慧地谈论小说，都把它当作绝好的素材，视其为至宝。

或曰："在理论上已攀登至最高点的高度觉悟，甚至令人目眩神迷。"

或曰："这是一部对小说这一形式发起挑战并取得压倒性胜利的小说。"

或曰："这是先锋音乐家约翰·凯奇的无声乐曲《4分33秒》的小说版。"

或曰："不，一边是为了让人们听到背景音等偶发音而创作的无声乐曲《4分33秒》，一边则是为完全摒除歧视而创作的白纸，两者在主题和理念上截然不同。"

或曰："连绵的白纸完美地体现了佛教中'空'的概念。"

或曰："这部作品竟如此这般折射出了评论行为的歧视性，

真是可怕。"

诸如此类。什么样的论调都有。

好评引来了更多的好评,该书发行一个月后销量便突破了百万册。海外也有五十二个国家迅速跟进。毕竟是白纸,不需要翻译。该书在所有国家都极为畅销,全球发行量超过了一亿本。

顷刻间,我获得了世界级的声誉和巨额财富。妻子回到我的身边,凑过脸要我"想打就打",简直和从前判若两人。不光是日本国内,世界各地的出版社和书籍代理商也纷纷发来约稿函。据说诺贝尔财团好像也在调查我的个人资料。没准今年秋天……

感觉万事顺遂,但只有一个问题。

郭公女士突然没了踪影。邮件不回,电话不通。我问过发行方的人,然而谁都不知道她的下落。

我产生了失落感和不安感,仿佛体内深处破了一个口子。

约稿函堆积如山,没有她,我接下来该写些什么呢?白纸已经写过了,还能写什么呢?

不,没关系的。我一定可以做到。今后我应该也能写书。毕竟我已经写出这个来了。不,其实我什么也没写。

我重读了自己的小说——不,是回看了一遍,试图自我开导。然而……

……咦?

嗯?嗯嗯嗯嗯?这是怎么回事?

我一遍又一遍地反复打量那摞白纸。

果然如此。没错。

这……只是一堆白纸。

我意识到了一件极为明显却又十分可怕的事。我多半是全世界最早发现的人。

政治正确的警察小说,一部连该有的名字都没有的小说,一摞在全球享有盛誉,甚至被称为新小说名著的白纸。

然而,白纸毕竟是白纸,无论怎么看,都毫无有趣之处!

应该这么说,不管写什么都是歧视,所以什么也不写。傻不傻啊?真是太愚蠢了。简直就是小孩子的恶作剧。

为什么大家会看重这种东西啊?这简直就是世界规模的集体催眠啊。就这种东西,别说欧米伽级别了,根本就没有思想觉悟,也不是什么革命性的。不光政治不正确,说起来,这明明是警察小说,可是连警察的"警"字都没一个,这算怎么回事?只是一个零罢了。毫无价值的零!

我没能写出来。

是的,我还没能写出政治正确的警察小说……

我渐渐感到头晕目眩。手中那摞雪白的纸,和世界一起扭曲变形了。就在这时,对面回荡起一阵尖厉的笑声。

嗨嗨!

SEIJITEKI NI TADASHII KEISATSU SHOSETSU【BUNKO】
by Aki HAMANAKA
© 2025 Aki HAMANAKA
All rights reserved.
Original Japanese edition published by SHOGAKUKAN.
Chinese (in simplified characters) translation rights in China (excluding Hong Kong, Macao and Taiwan) arranged with SHOGAKUKAN through Shanghai Viz Communication Inc.

© 中南博集天卷文化传媒有限公司。本书版权受法律保护。未经权利人许可，任何人不得以任何方式使用本书包括正文、插图、封面、版式等任何部分内容，违者将受到法律制裁。

著作权合同登记号：字 18-2025-059

图书在版编目（CIP）数据

咖喱的女神 /（日）叶真中显著；张舟译. -- 长沙：湖南文艺出版社，2025.6. --ISBN 978-7-5726-2319-6

Ⅰ. I313.45

中国国家版本馆 CIP 数据核字第 2025RJ8089 号

上架建议：畅销・推理小说

GALI DE NÜSHEN
咖喱的女神

著　　者：[日]叶真中显
译　　者：张　舟
出 版 人：陈新文
责任编辑：刘诗哲
出 品 方：好读文化
出 品 人：姚常伟
监　　制：毛闽峰
策划编辑：姜晴川
特约策划：张若琳
文案编辑：朱东冬
营销编辑：刘　珣　大　焦
封面设计：609 工坊
版式设计：鸣阅空间
出　　版：湖南文艺出版社
　　　　　（长沙市雨花区东二环一段 508 号　邮编：410014）
网　　址：www.hnwy.net
印　　刷：北京美图印务有限公司
经　　销：新华书店
开　　本：880 mm × 1230 mm　1/32
字　　数：160 千字
印　　张：8
版　　次：2025 年 6 月第 1 版
印　　次：2025 年 6 月第 1 次印刷
书　　号：ISBN 978-7-5726-2319-6
定　　价：49.80 元

若有质量问题，请致电质量监督电话：010-59096394
团购电话：010-59320018